民族의 底力

朴正熙

이 책은 박정희 대통령의 저서 『民族의 底力』(광명출판사, 1971)을 도서출판 기파랑이 영인하여 2017년 11월 출간한 것입니다.

박정희 전집을 펴내며

올해는 박정희 대통령이 태어나신 지 백 년이 되는 해(1917~2017)입니다.

박정희 대통령은 민족사 5천 년을 통해 거의 유일하게 사람들에게 영감을 준 리더였고 그 비전을 몸으로 실천한 겨레의 큰 공복(公僕)이었습니다. 그래서 노산 이은상 선생은 박정희 대통령을 「세종대왕과 이순신 장군을 합친 민족사의 영웅」이라 칭했을 것입니다. 그런 거인의 탄신 백 주년이 온 나라의 축제가 되지 못하고 아직도 공(功)과 과(過)를 나누어 시비하고 있으니 참으로 안타까운 일이 아닐 수 없습니다. 그러나 오늘날의 대한민국이 박정희 대통령의

비전에 의하여 설계되었고 그분의 영도력으로 인류역사에 유례없는 경제발전을 이루었다는

데 대하여는 모두가 동의하고 있다고 생각합니다. 이제 큰 것은 보지 못하고 작은 것으로 흠

을 삼는 역사적 단견(短見)에서 벗어나길 간절히 바랍니다.

애국(愛國)과 애족(愛族)은 박정희 대통령의 혈맥을 타고 흐르는 신앙이었습니다. 그 신앙

으로 박정희 대통령은 가난을 추방했고, 국민들에게 우리도 할 수 있다는 자신감을 심어 주었

습니다. 그 결과 우리 민족은 5천 년의 지리멸렬한 역사를 끊어 내고 조국근대화와 굳건한

안보를 달성할 수 있었습니다. 민족 개조와 인간정신 혁명, 그것이 바로 박정희 정신입니다.

그 정신을 이어 가는 것이 현재를 살고 있는 우리의 사명일 것입니다.

박정희 대통령 탄신 백 주년을 맞아 그분의 저작들을 한데 모으는 작업은 역사에 대한 최소

한의 예의입니다. 그것은 감사의 표현인 동시에 미래에 대한 결의이기도 합니다.

박정희 대통령은 생전에 네 권의 저서를 남겼습니다. 『우리 민족의 나갈 길』, 『국가와 혁명과

나』, 『민족의 저력』, 『민족중흥의 길』이 그것인데, 우리 민족의 역사와 가야 할 길에 대한 탁월

한 예지가 돋보이는 책들입니다. 그 네 권의 초간본들을 영인본으로 만들고, 거기에 더해 박

정희 대통령의 시와 일기를 모아 별도의 책으로 묶었습니다.

박정희 대통령은 다방면에 재능이 풍부한 분이셨습니다. 〈새마을 노래〉를 직접 작사, 작곡한 것은 많이 알려져 있지만, 직접 그림도 그리고 시도 썼다는 사실은 의외로 아는 사람이 많지 않습니다. 문학가가 보기에는 아쉬운 점이 있을지 모르지만 박정희 대통령의 시에 담긴 애국과 애족의 열정은 그 형식을 뛰어넘는 혼이 담겨 있다고 할 수 있습니다. 특히 아내를 잃고 쓴 사부곡(思婦曲)들은 우리에게 육영수 여사에 대한 기억과 함께 옷깃을 여미게 하는 절절함이 가득합니다.

또한 후손들이 박정희 대통령의 저작들을 쉽게 읽게 하자는 취지에서 네 권의 정치철학 저서를 일부 현대어로 다듬고 풀어 써 네 권의 「평설」로 만들었습니다. 방향을 잃고 표류하는 대한민국에 큰 지표가 되리라 생각합니다. 부족한 부분에 대한 아쉬운 마음이 없지 않으나 그나마 처음 시도된 작업이라는 사실로 위안을 삼고자 합니다. 질책 주시면 기꺼이 반영하여 더욱 완성도 높은 저작집으로 만들어 나가겠습니다.

늦게나마 박정희 대통령의 영전에 이 저작집을 바칠 수 있게 되어 기쁩니다.

이 작업은 박정희대통령기념재단 좌승희 이사장 이하 임직원 여러분의 적극적인 지원과 많은 분들의 협조가 없었더라면 결코 쉽지 않았을 일입니다. 『박정희 전집』 편집위원 여러분과 평설을 담당하신 남정욱 교수, 그리고 흔쾌히 출간을 맡아 주신 기파랑의 안병훈 사장께도 깊은 감사의 말씀을 드립니다.

박정희 대통령님! 대통령님을 우리 모두 기리오니 편안히 잠드소서.

박정희 탄생 100돌 기념사업 추진위원회

위원장 정홍원

머 리 말

五・一六 혁명 직후에 나는 우리의 민족사(民族史)를 회고하면서, 그 속에서 조국의 진로를 밝힐 한 줄기 빛을 찾아 보려는 생각으로 「우리 민족의 나갈 길」을 저술한 바 있다.

그 날로부터 어언 십여 성상이 지나 갔다.

반만 년의 장구한 역사를 면면(綿綿)히 이어 온 우리에게 있어서, 십 년이란 세월은 영겁(永劫) 속의 한 순간과도 같이, 참으로 짧은 시간이라고 할 수 있을 것이다.

그러나 그 짧은 시간에 우리는 일찌기 우리 조상들이 수백 년을 두고도 이룩하지 못했던 거창한 중흥 과업(中興課業)을 성공적으로 추진해 왔다.

도시에서나 농촌에서나 벽촌 낙도(僻村落島) 그 어디에서도 십 년 성상의 성

과가 역력히 나타나고 있는 조국의 밝은 모습을 살펴보면서, 나는 땀흘려 일해

온 온 국민과 더불어 벅찬 환희와 긍지를 느끼고 있다.

그러나 그 무엇보다도 가장 흐뭇한 일은, 우리 민족은 이제 오랜 은둔(隱

遁)의 동면(冬眠)에서 깨어나, 대오 각성(大悟覺醒)하여 힘차게 분발하기 시작

했다는 사실이다.

지금 우리는 수난과 시련 속에서 다듬어진 민족(民族)의 저력(底力)을 재발

견하여, 미래에 대한 자신과 의욕과 사명감을 새로이 일깨워, 뜨거운 정열과 분

발로써 민족의 중흥을 위해 합심하여 전진하고 있다.

민족 전체에 자신과 의욕과 긍지가 넘쳐 흐르고 적극성과 진취성이 충일(充

溢)할 때, 그러한 민족은 남보다 앞서 발전했고 중흥(中興)을 이룩했다는 것

은 인류 역사의 산 교훈이다.

나는 지난 六○년대에 얻은 민족의 자각과 자신과 의욕을 가장 값진 정신 자

원(精神資源)이라고 보고 있으며, 바로 여기에 조국의 밝은 앞날을 기약하는 민족의 길이 있고 빛이 있다고 믿고 있다.

자양분을 스스로 만들어 내는 비옥(肥沃)한 대지(大地) 위에 아름다운 꽃이 피고 풍성한 열매가 열리듯이, 자주(自主), 자립(自立), 자조(自助)의 정신이 넘쳐 흐르는 민족 저력(民族底力)의 토대 위에, 반드시 만세에 길이 빛날 우람한 중흥의 금자탑이 세워지리라는 것을 나는 굳게 확신하고 있다.

조국의 과거와 현재와 미래를 나 나름대로 다시 한번 회고, 평가, 전망해 본 이 소책자(小册子)의 제명을 「민족(民族)의 저력(底力)」이라고 한 것은, 우리 민족의 무한한 저력이 더욱 더 힘차게 솟구치면 솟구철수록 우리의 거창한 역사적 과업은 그만큼 빠른 시일 내에 완수되리라는 나의 신념을 담으려는 뜻이다.

나라의 주인은 국민이며, 七○년대의 국운은 스스로 일어서고 스스로 돕고 스스로 지킬 줄 아는 우리 자신의 분발과 노력에 달려 있다는 나의 확신에 대해서 모든 국민들은 공감해 주리라 믿는다.

一九七一년 三월 一일

박 정 희

차 례

빛

나

는 유

산

Ⅰ 빛나는 유산

오늘날 세계 사람들은 「코리어」라는 이름을 들을 때, 몇 마디 낯익은 단어가 얼핏 생각날 것이다.

그것은 신생 국가(新生國家)、분단 국가(分斷國家) 또는 전란 국가(戰亂國家) 같은 낱말일 것이다.

二차 대전후 식민 통치(植民統治)로부터 해방된 독립 국가들을 모두 신생 국가라고 부르는 관점에서 본다면, 우리 한국도 「신생 국가」라고 할 수는 있다.

그러나 우리 한국은 민족 국가로서의 바탕을 닦은 역사적 관점에서 본다면, 조국없는 유랑 민족(流浪民族)이나 또는 부족 사회(部族社會)로 있다가 금세

3

기에 들어와 처음으로 국가의 통일을 본 이른바 신생 독립 국가들과는 근본적으로 다르다.

왜냐 하면 우리 한국이 본격적으로 국가 형태를 갖춘 것은 실로 四천여 년 전의 일이기 때문이다.

우리 나라에는 단기(檀紀)라는 고유의 연호가 있는데, 금년이 단기 四三○四년이다.

이것은 중국의 당요 연대(唐堯年代)와 같은 것이며, 서기(西紀)로는 기원 전 二三三三년에 해당되는 시기이다.

또한 우리 나라가 지금 당면하고 있는 국토 분단의 설움도 우리 역사상 천三백여 년만에 처음 있는 사태이다.

건국 이후 얼마 동안 우리 민족은 고구려(高句麗)、 백제(百濟)、 신라(新羅)의 삼국(三國)으로 정립(鼎立)해 있었던 적이 있었으나、 六七六년에 신라가 삼국을 통일한 이후는 단 한 번도 국토와 민족이 분단된 적이 없었다.

4

간혹 부패하고 무능한 위정자를 몰아낸 이른바 역성 혁명(易姓革命)을 통하여, 신라가 고려로〈九三五〉, 고려가 이조로〈一三九二〉, 즉 한 왕조가 다른 왕조로 넘어간 경우는 있었지만, 하나의 통일 민족 국가로서의 명맥은 면면히 유지하여 온 것이다.

이처럼 장구한 역사를 통하여 또 한 가지 특징적인 것은 우리 민족은 단 한 번도 남을 공략하기 위해 전쟁을 일으킨 일이 없는 평화 애호 민족(平和愛護民族)이라는 사실이다.

우리 나라는 동북 아시아 한 모퉁이에 자리잡은 반도 국가로서, 북방 민족은 이 땅을 해상 진출의 거점(據點)으로 삼으려 하였고, 해양 국가는 대륙 공략의 전진 기지로 확보하려 했기 때문에, 우리는 이들 주변 국가로부터 간단(間斷) 없는 침략을 받아 왔다.

작은 것은 두고라도 지난 二천여 년 동안에 큰 침공(侵攻)만 도합 아홉 번이나 된다.

첫번째인 한(漢)의 침입은 수백 년 동안 계속되었고, 수(隋)나라가 한 번, 당(唐)나라가 두 번으로 한족(漢族)의 침략이 네 번에 달하였고, 다음에는 거란(契丹)이 한 번, 원(元)나라가 한 번, 일본(日本)이 두 번, 청(淸)나라가 한 번이었다.

이 때문에 우리는 귀중한 피를 흘렸고 국토를 짓밟혔으며, 수십 년 또는 수백 년 동안 한족, 몽고족, 만주족, 일본족의 시달림을 받기도 했다. 애통하고 쓰라린 시련이었다.

그러나 우리는 이 비극적인 시련 속에서 위안과 자신과 긍지를 찾아낼 수 있었다.

그것은 우리 민족이 그처럼 여러 차례 이민족(異民族)의 침략을 당하였어도 결코 굴하지 아니하고 국가적 독립성을 유지해 왔다는 점인 것이다.

어느 민족이나 그처럼 큰 시련을 한두 번 받고 나면 종족적 멸망(種族的 滅亡)을 당했거나, 적어도 민족의 얼과 언어와 문화를 상실할 가능성도 있었으

련만, 우리는 거의 二백 년에 한 번씩, 그것도 우리보다 몇 배 많은 인구와 병

력을 가진 강국의 침략을 당하면서도, 혈통적으로, 문화적으로 통일된 민족 국

가를 보존해 왔던 것이다.

이것은 인류 역사를 통틀어 하나의 경이(驚異)라고 해도 과언이 아닐 것이다.

한 때 중원(中原)을 넘어 유럽을 석권(席卷)했던 저 몽고족을 보라! 고대

사라센 제국의 아라비아족을 보라!

이들과 비교할 때 우리 민족의 강인(强靭)한 생명력과 불굴의 끈기는 참으

로 놀라운 것이라 아니할 수 없다.

지난 날 제국 일본이 그처럼 조직적으로 우리 민족의 국권(國權)을 짓밟고

문화를 말살해서 일본화(日本化)해 보려던 三○여 년의 온갖 획책(畫策)도,

이제 보면 연꽃과 연잎에 떨어진 빗방울과 같아서 털끝만큼도 젖거나 스며든

구석이 없다.

그러나 그뿐이 아니다.

우리 민족은 그처럼 가혹하고 연속적인 충격 속에서도 위축(萎縮)되거나 좌절(挫折)됨이 없이, 도리어 그러한 충격을 자극제로 삼아 더 큰 활력을 얻었던 것이다.

三八○년 전 임진왜란 때 四백만으로 줄었던 우리 나라의 인구는, 약 二백년 전 영조(英祖) 때의 호구 조사(戶口調査)에 七백만으로 회복된 것으로 나타났고, 六○년 전에 一천 五백만이었던 것이, 지금은 남북을 합하여 약 五천만으로 세 곱절 이상이 늘어난 것이다.

앞으로 三○년이면, 우리 인구가 八천만이 넘을 것으로 내다본다.

이것은 우리 민족의 사명이 과거에 있지 않고 미래에 있다는 것을 알려 주는 하나의 예고가 아닐 수 없다.

우리 민족이 간단없이 계속된 그 불행 속에서 긍지와 위안을 찾아낼 수 있었던 또 한 가지 사실은 문화적 창작이다.

우리는 일찌기 한(漢)나라의 문물을 받아들였고, 삼국 시대에 우리 스스로

8

들여 온 불교(佛敎)와 당의 문화, 또 고려가 자발적으로 수용한 송나라 문화,

그리고 원, 명, 청 삼대를 통해 한토 문화(漢土文化)의 전부를 받아들여, 이를

독자의 형태로 순화하고, 보다 높은 차원으로 승화 발전(昇華發展)시켰다.

신라와 고려는 불교를 수용하여 세계적으로 명망을 떨친 고승(高僧)을 배출

하여 그 이론 수준을 높였고, 이조는 유교를 긍정적으로 받아들여서 보다 차

원 높은 한국적 유교를 발전시켰다.

그리고 이조 말에는 유럽의 근대 사상과 기독교(基督敎)를 받아들여 이것을

훌륭하게 흡수 소화시켜 실학 사상(實學思想)을 계발(啓發)하였는데, 이런 것

은 모두가 우리 민족의 높은 문화 창조의 예지(叡智)에 유래하는 것이다.

이처럼 우리 민족은 다른 어떤 민족에서도 볼 수 없는 크고 긴 고난과 시련

을 받아, 놀라운 끈기와 생명력으로 이것을 극복하면서, 다른 한편으로는 우

리의 고유 문화에 한토(漢土)와 인도에서 일어난 모든 문화를 받아들여 찬란

한 문화를 개화하였다.

크고 작은 계곡의 물줄기가 흘러흘러 강하(江河)에 모이듯이, 우리의 정신 문화는 그야말로 동아 문화(東亞文化)의 저수지를 이루었던 것이다.

그 대표적인 한 예로서 우리의 음악을 들 수 있다.

우리 음악은 서역(西域)、 한토(漢土)、 몽고(蒙古)、 만주(滿洲) 등 동아의 모든 민족의 음악을 모아서 이루어진 것이라고 한다.

비단 음악뿐이 아니다.

수많은 병란으로 우리 문화의 많은 부분이 소실(消失)되었지마는、 비록 역력치는 못하나마 기록과 유적을 보면 우리의 다른 정신 문화도 동아 문화의 집대성이라고 할 수 있는 것이 하나 둘이 아니다.

그러나 우리가 무엇보다도 자랑스럽게 생각하는 것은 이민족(異民族)의 문화를 수용 발전시키면서、 우리는 과학과 문화와 예술 분야에서 민족 고유의 독창성(獨創性)을 발휘했다는 사실이다.

우리는 세계 최초로 금속 활자(金屬活字)를 발명했는데、 이것은 「구텐베르크」

10

가 만든 一四五〇년보다 二백여 년이 앞선 一二三四년의 일이다.

이조 四대의 세종 대왕(世宗大王) 때에는 측우기(測雨器・一四四二년)를 만들어 내었고, 고려 시대의 청자기(靑瓷器)는 오늘날까지 필적할 만한 것이 없을 정도이며, 이조의 명장 이 순신(李舜臣) 장군(一五四五년~一五九八년)은 철갑선(鐵甲船)으로서는 세계 처음인 것으로 알려진 거북선을 제작했다.

이러한 독창적 창작 중에서 가장 으뜸으로 꼽을 수 있는 것은 역시 우리의 한글이다.

한글은 그 제자(制字)의 원리(原理)와 자형(字形)이 과학적인 조직을 갖추고 있어, 인류가 만들어 낸 글자가 수없이 많지만 우리 한글만큼 발달된 글자는 그 수가 드물 것이다.

읽기 쉽고, 쓰기 쉬우며, 배우기 쉬운 한글은 우리 민족 문화의 정수(精髓)라고 자부할 수 있다.

더우기 세종 대왕이 한글을 창제(創制)한 높은 뜻이 남의 나라 글이 아닌 내나라의 독자적인 글자를 가지자는 「자주 정신(自主精神)」에 있었고、만백성이 널리 쓰는 데 편리한 「민주 이념(民主理念)」에 있었다는 점에서 한글을 소중히 여기고 문화 발전의 모체(母體)로 삼아야 한다는 것이 오늘날 우리에게 있어서 절실한 시대적 요청이 되고 있는 것이다.

이처럼 장구한 역사의 산맥을 거슬러 올라가 보면、우리 민족은 그 어느 민족에게도 뒤지지 않는 자주적이요、민주적이며、문화적인 민족이요、오랜 전통을 이어 온 통일 민족 국가로서、이민족(異民族)의 무수한 침략을 받아 방위적 투쟁(防禦的鬪爭)을 전개하기는 하였으나、그 근본에 있어서는 평화를 사랑하는 민족임을 알 수 있다.

이러한 자주와 민주、통일과 평화로 상징되는 우리의 민족 정신은 따지고 보면 우리의 건국 이념인 홍익 인간(弘益人間)의 정신과、통일 신라의 정신적 지주(支柱)였던 화랑도 정신(花郎道精神)에서 그 연원(淵源)을 찾아 볼 수 있는 것이다.

「홍익 인간」은 우리 민족의 시조(始祖)라고 믿어지고 있는 단군(檀君)의 건

국 이념을 한 마디로 표현한 것인데、 그 근본 정신은 『인류 사회를 널리 돕는

다」는 뜻이다.

개인 생활의 목적도 인류 사회를 돕는 데 있고 경국(經國)의 목표도 인류 사

회를 돕는 데 있다는 것으로、 사람은 서로 알거나 모르거나、 멀리 있거나 가까

이 있거나 형제요 자매로서、 서로 도와 화평(和平)을 이룩해야 한다는 것이다.

이것은 실로 오늘날의 자유민주주의(自由民主主義)와 통하는 것이요、 세계

평화주의(世界平和主義)와 다를 것이 없는 것이다.

화랑도는 청년 「엘리트」들이 동일한 신조의 공동 실천을 통하여 사회인으로

서의 인격을 함양하고 도의심을 연마하기 위해서 대자연 속에서 인생을 배우

고、 우정과 동지애를 두터이한 집단적 수양 운동(集團的 修養運動)이었다.

그것은 또한 청년 무사들이 명산 대천에 우유(優遊)하고 지방을 순회하는 동

안 민정을 살펴 정부에 보고하고、 숨은 인재를 천거하며、 선행을 표창하고 불

의를 징계하는 이동적인 정치 운동이었다고 할 수 있다.

이 제도는 이조 시대에도 간관(諫官)과 어사 제도(御史制度)로 계승되어 왔다.

그 위에 화랑도는 훌륭한 선배나 동료 화랑을 중심으로 집결되어 낭도(郎徒)를 이루고, 그 낭도는 국민군의 사단 혹은 연대와 같은 기능을 수행하여 큰 전공을 세운 국민적인 군사 운동(軍事運動)이기도 하였다.

신라가 백제를 무찌를 때 황산벌(黃山平野·지금의 논산)에서 계백 장군(階伯將軍)에게 격퇴당하여 사기가 저상(沮喪)되었을 때, 자진하여 단신으로 재삼 적진에 돌입하여 전사함으로써 장병들의 적개심 앙양의 고귀한 희생으로 승리의 계기를 마련한 一六세 소년 화랑 관창(官昌)이라든가, 싸움에 나가 노복의 간권(諫勸)으로 살아 온 원술랑(元述郎)을 꾸짖고 다시 보지 않겠다고 한 신라 명장 김 유신(金庾信)의 부인 지소(智炤)의 교훈이 모두 화랑의 국민적 군사 운동에서 유래하였던 것이다.

이러한 화랑 운동은 인간 수양면에서 도의 정신으로 인의(仁義), 예지(禮智), 효제(孝悌), 충신(忠信)의 대도를 체득시켰고, 정치면에서는 민주 정신으로 조국과 민족을 위하여 성심을 다하여 강직하고 관대하고 과감한 기풍을 길러 주었으며, 군사면에서는 나면서 죽을 때까지 「죽음(死)」뿐이라는 딱딱하고 살벌한 것이 아니라, 우아한 정서를 겸하여 인격의 완성을 목표로 문무 겸전(文武兼全)을 지향하였으니, 석굴암의 위용과 부드러움이 신라 국민의 이상적 인간형이었던 것이다.

요컨대 화랑도 정신은 우리의 고유 신앙과 불교의 호국 사상(護國思想)이 합류되어 주조(主潮)를 이룬 자주의 정신이며, 진취의 기상이며, 이것이 바로 신라가 삼국을 통일할 수 있었던 원동력(原動力)이 되었다고 할 수 있다.

지난 반만 년의 긴 역사를 통하여, 우리 민족은 몇 차례 왕조를 달리하면서 융성과 쇠잔을 거듭해 왔다.

이러한 영고 성쇠(榮枯盛衰)의 과정에서 우리가 한 가지 간과할 수 없는 교훈이 있으니, 그것은 홍익 인간의 정신과 화랑도 정신이 찬란하게 꽃피었던 시기는 곧 국가와 민족이 크게 중흥(中興)을 이룩했던 시기요, 그러한 정신이

15

해이(解弛)했던 시기는 반드시 국운이 함께 기울어졌던 시기라는 사실이다.

신라가 통일을 이룩한 시기를 전자의 대표적인 것이라고 한다면, 국권을 일본에게 유린당하기 시작한 이씨 왕조(李氏王朝)의 말기는 바로 후자의 예라고 할 수 있다.

확실히 一九세기 말엽 이전으로 거슬러 올라가는 약 二천여 년의 우리 역사는 외세 침략에 대한 줄기찬 방어적인 저항의 역사였고, 동시에 독창적인 창조의 역사였다고 자부할 수 있다.

그러나 一九세기 말엽부터 二○세기 중엽에 이르는 근세 백 년은 암영(暗影)의 시기였고, 퇴영(退嬰)의 시기였으며, 수난(受難)의 역사였던 것이 사실이다.

이러한 불행은 세계 열강이 일으키는 거센 제국주의의 격랑(激浪) 속에 휘말려 들어간 우리로서는 어찌할 수 없었던 역사 필연의 결과였다고도 할 수 있을지 모른다.

16

그러나 좀더 냉철하게 그 불행의 원인을 생각한다면, 그것은 세계사의 격동적인 일대 전환기(一大轉換期)에 처하여 여기에 대처하는 방안을 그르쳤던 우리 자신의 불민(不敏)과 역량 부족에 있었음을 부인할 수 없으며, 그 결과 우리는 一九一○년 八월 二九일 일본 제국에게 국권(國權)이 유린된 「국치(國恥)」를 당하고 말았다.

그리하여 一九四五년 八월 一五일 다시 광복을 찾던 날까지 三六년간 우리는 일본의 수탈을 면할 수가 없었던 것이다. 그러나 퇴영과 수난이 얼룩진 근세 一백 년에 있어서도 우리의 민족 정신(民族精神)은 결코 그 빛을 잃지 않았다.

오히려 우리의 민족 정신은 혹은 선각자의 형안(炯眼)을 통해 개화 운동으로 승화(昇華)되었고, 외세에 대한 거족적인 저항으로 나타났던 것이다.

一八八四년의 갑신정변(甲申政變)과 一八九四년의 동학 운동(東學運動)을 전자의 경우라고 한다면 후자의 예는 일제의 총칼 앞에 맨주먹으로 대결했던

17

저 三·一 운동인 것이다.

그러나 몇몇 선구자들의 개화 의욕과 노력은 무능 부패(無能腐敗)했던 당시 위정자의 탄압과 국민의 적극적인 호응을 얻지 못해 결실을 보지 못했고, 三·一의 자주 독립 운동도 내외 여건(內外與件)의 미숙으로 국권을 회복하는 데까지 발전하지는 못했던 것이다.

이처럼 우리 민족은 지난 一세기에 있어 몇 차례의 자주적인 근대화에 성공하지 못하고 있다가 二차 대전의 연합국 승리로 일본의 예속으로부터 벗어나 광복의 기쁨과 감격을 누릴 수 있게 되었다.

八·一五의 해방은 자력이 아닌 타력에 의해 주어진 것이 사실이다.

그러나 그것은 우리 민족에게 있어서는 실로 자주(自主)와 자립(自立)과 번영(繁榮)의 새날을 기약하는 민족 재기(民族再起)의 새로운 출발점으로서 우리는 미래에 대해 푸른 희망과 기대를 걸 수 있는 계기가 되었다.

이러한 기대와 희망 위에 먹구름을 안고 온 것이 국토 분단의 비극이었고,

18

그것을 송두리째 앗아간 것이 一九五〇년 六·二五의 북괴(北傀)를 앞세운 국

제 공산 세력(國際共産勢力)의 침략이었다.

그리하여 지난 五〇년대는 전란이 빚은 폐허와 혼돈이 우리를 또 다시 시련

으로 몰아 넣은 시기가 되고 말았다.

그러나 五〇년대의 그 시련은 우리에게 있어서 결코 헛된 것은 아니었다.

우리는 시련이 가혹하면 가혹한 만큼 그 원인에 대한 뼈저린 반성을 하게

되었고, 그러한 자기 성찰(自己省察)의 과정에서 자주、자립、번영과 평화에

대한 자각의 눈을 서서히 뜨기 시작하였기 때문이다.

이러한 자각이 국민의 호응을 거둔 첫번째 구국 행동(救國行動)으로 표현된

것이、부정과 무능으로 상징되는 근대 한국의 압축판(壓縮版) 자유당 정권(自

由黨政權)을 넘어뜨린 一九六〇년 四·一九의 학생 봉기였고、四·一九 학생

의거가 민주당 정권(民主黨政權)의 실정(失政)으로 허사로 돌아갔을 때、국가

재건을 위한 결정적인 행동으로 나온 것이 그 다음 해인 一九六一년 五·一六

의 군사 혁명(軍事革命)이었던 것이다.

그 날로부터 어언 九년이 지나갔다.

지난 八、九년 우리 민족은 다시는 과거의 쓰라린 전철(前轍)을 되풀이 말자는 자각으로 자주와 자립、번영과 통일을 이룩하기 위해 조국 근대화(祖國近代化)와 민족 중흥(民族中興)의 역사적 과업을 추진해 왔다.

이제 우리는 六〇년대에 착수한 이 과업을 다가온 이 七〇년대에 기필코 완성할 것을 다짐하고 있다.

이 거창한 민족적 과업(民族的課業)을 성취함에 있어 우리의 찬란했던 민족사(民族史)의 기록이 자신과 긍지의 원천이 될 수 있는 것이라면、불행했던 근세 一백 년의 민족의 발자취는 분발과 노력의 촉진제가 될 수 있다.

큰 일을 성취함에 있어 자신과 용기를 가질 수 있다는 것은 중요한 일이다.

그러나 더욱 더 긴요한 것은 힘찬 분발과 노력을 줄기차게 경주(傾注)하는 일이다.

분발은 불행한 여건을 타개하고 새로운 경지(境地)를 개척하려는 굳센 의지의 발로이며, 노력은 이러한 의지를 실천에 옮기는 생산적 행동이다.

우리는 자랑스러운 역사와 전통을 지니고 있다. 그러나 오늘의 시점에서 우리는 불행했던 역사의 기록을 더욱 귀중하고 값있게 생각해야 할 줄 안다.

왜냐 하면 영광된 역사를 자랑하는 것보다는 차라리 불운했던 과거를 돌이켜 성찰(省察)해 보는 것이 민족의 중흥을 위해 새 출발을 다짐한 우리의 자각과 분발을 일깨워 주는 데 더욱 더 바람직하기 때문이다.

자주와 자립, 번영과 통일의 중흥 과업 완수(中興課業完遂)를 다짐하고 나선 七○년대의 문턱에서, 나는 우리 민족의 보다 큰 분발과 노력을 촉성(促成)하는 뜻에서, 퇴영(退嬰)과 혼돈(混沌), 고난(苦難)과 불행(不幸)의 연속이었던 근세 一백 년의 민족사(民族史)를 회고하고 한국의 현재와 미래에 대해 나 자신의 평가와 전망을 해 보고자 한다.

시
련
과

각
성

II 시련과 각성

1 제국주의의 거센 물결

국제 정치 사회에서의 「힘」은 언제나 높은 곳에서 얕은 곳으로 흐르게 마련이며, 더우기 제국주의 시대(帝國主義時代)는 거대한 몇 갈래의 조류(潮流)가 「세계의 얕은 곳」을 향해서 노도와 같이 밀려 들어간 역사의 과정이었다. 지금도 그렇지만 「세계의 얕은 곳」이란 「힘의 진공 상태(眞空狀態・Power vacuum)」를 의미한다.

그렇기 때문에 한 국가가 「힘의 진공 상태」에 놓여 있다는 말은 강대국들의 세력 투쟁 무대(勢力鬪爭舞臺)가 된다는 뜻이기도 하다.

우리 나라가 四천 수백 년을 면면히 이어 내려오던 주권과 독립을 상실하고 예속과 정체(停滯)의 먹구름 속에 휘말려 들어가지 않을 수 없었던 비운과 시련도 여기서부터 시작된다.

한국이 오랜 쇄국(鎖國)과 은둔(隱遁)에서 미처 깨어나지도 못한 一九세기 중엽, 한반도(韓半島) 주변 연안에는 제국주의의 모진 파도가 밀려 닥치고 있었다.

이 세기를 일관해서 내려 온 영・로(英露) 양국간의 대립 관계를 배경으로 한 제국주의의 물결은, 발칸 반도로부터 이란 반도를 거쳐 아프가니스탄으로 동진(東進)을 거듭하여, 중국 대륙(中國大陸)을 바탕으로 일대 분류(一大奔流)를 이루면서 드디어는 한반도 연안으로까지 굽이쳐 휩쓸게 되었다.

一八八五년 四월 영국 하밀톤 함대의 우리 나라 거문도(巨文島) 점령 사건은 당시의 거세었던 제국주의의 격량을 단적으로 보여 주는 사건인 동시에, 그것은 또한 강대국간의 세력 관계에서 한반도가 차지하는 중요성을 처음으로 일깨워 주는 사건이기도 하였다.

당시 러시아가 영흥만(永興灣)의 조차(租借)를 한국 정부와 밀약하였다는 데 대한 긴급 대응 조치로서 감행되었던 영국 함대의 거문도 점령은 결국 한국 정부 당국의 공식적 결정이 아니었음이 밝혀짐으로써, 약 二년간의 점령은 종식되었다.

이 사건은 우리의 눈을 밖으로 돌리게 하는 결정적인 계기가 될 수 있었건만, 그 당시의 우리 조정(朝廷)은 이 사건이 시사(示唆)하는 교훈과 경종을 제대로 파악하지 못하고 그대로 넘겨 버리는 과오를 범하였던 것이다.

이러한 서구 제국주의(西歐帝國主義)의 크나큰 물결과 때를 같이 하여, 또 하나의 물결이 큰 조류를 이루어 이미 해일(海溢)과도 같이 한반도를 뒤덮고 있었으니, 그것은 그 당시 한국 내에서 치열한 대립과 각축을 거듭하던 청조 중국(淸朝中國)과 일본 제국(日本帝國)의 대한 정책(對韓政策)이 바로 그것이었다.

근대 제국주의 국가로서의 자체 체제 정비를 마치고 대륙 진출(大陸進出)을 기도하던 일본이, 이를 저지하려는 청조 중국과 한반도의 지배를 둘러싸고 각축을 벌였다는 것은, 그 때의 국제 정세로 보아서 필연적인 것이었다고 할 수 있다.

일본은 그들의 근대 국가(近代國家)로의 작업이 진전됨에 따라 한반도에 대한 관심을 깊게 하기 시작하였다.

일찍기 서구 제국주의의 밀려 닥치는 분류를 맞아 이와 대항하는 어리석음을 피하고 그 물결로 하여금 도량을 따라 흘러 거쳐 가게 함으로써, 일본은 국제 정치의 요체(要諦)를 체득하였고, 드디어는 일본 자체도 서구 제국주의의 조류 속에서 한 갈래의 흐름을 형성하게 되었고, 드디어는 「조선 독립(朝鮮獨立)이라는 정책 명분을 내세우면서 한반도에 등장한 것이다.

따라서 일본은 한반도에서 청국이 차지해 오던 오랜 전통적 관계를 절단시키기 위한 노력에서 그 명분을 세우고자 전력을 경주하였다.

그렇기 때문에 一八七六년 처음으로 한국의 문호 개방(門戶開放)을 규정한 강화 조약(江華條約)을 체결한 것은 일본이 거둔 대한 정책의 제一차적인 성과였다.

한편 학자들에 의해서 「조공 관계(朝貢關係)라고 규정되는 특수한 한·중 관계(韓中關係)에 입각하여, 전통적인 종주권(宗主權)을 유지하고자 하는 청국의 회원도 끈덕진 양상을 나타내게 되어, 그 후 一〇여년간에 걸쳐 청·일 양국(淸日兩國)은 파란 많은 대립을 지속하다가, 마침내는 갑오 동학 혁명(甲午 東學革命)이 도화선이 되어, 이들은 무력으로 한반도에서의 판가름을 하게 되었다.

청·일 전쟁(淸日戰爭)이 일본의 일방적 승리로 끝나고, 청국이 한반도에서 축출되자 일본은 재빨리 무력 행사의 희생으로써 확인한 「특별 이권(特別利權)」을 요구하기에 이르러, 우리 정부 각 기관에 이른바 일인 고문관(日人顧問官)을 배치하여 내정 간섭을 하게 되었으니, 이로부터 정부의 실권은 사실상 일

29

인들의 수중에 들어간 것이나 다름 없었다.

그러나 제국주의 열강의 본격적인 다툼은 청·일 전쟁의 종결과 착잡하게 얽히면서 더욱 더 치열한 양상을 띠고 전개되어 나아갔다.

그것은 노·불 동맹(露佛同盟)을 배경으로 한 러시아의 아시아 진출에서 비롯된다. 러시아는 청·일 전쟁에서 이긴 일본에게 하관 조약(下關條約)에서 할양받은 요동 반도(遼東半島)를 중국에 도로 반환하도록 강요하는 한편, 특히 의화단 사건(義和團事件)을 계기로 한 만주 점령(滿洲占領) 이후로는 한반도에서 일본이 전취한 「특별 이권」에 도전하기 시작하였다.

이러한 러시아의 적극적인 개입의 결과로 한국 정계에는 허다한 이변(異變)이 야기되어, 한국의 왕후가 일본인 자객에게 살해되고, 한국의 황제가 러시아 공관에 피신하는 이른바 아관파천(俄舘播遷) 등 파란을 가져 오게 하였다.

이 무렵에 영국이 또한 그들의 전통적인 비동맹 고립 정책(非同盟孤立政策)을 포기하고 영·일 동맹(英日同盟)의 단(斷)을 내리고 한반도에 다시 개입해

30

왔는데, 이것은 남하(南下)를 기도하는 러시아의 진출을 견제하기 위한 목적
에서였다.

『한국 사람들은 자국(自國)의 이익을 위해서 주먹 한 번 불끈 쥐어 보지 못
한다』라고 「루우스∙벨트」 미국 대통령을 개탄케 한 것도 이 무렵의 일이었다.

강대 세력들이 동맹과 대항으로써 대처하는 제국주의의 광란 와중(狂亂渦中)
에서, 사실상 한국인들이 아무리 주먹을 단단히 쥐어 보았자 치더라도 이미
때는 늦었을는지 모른다.

얼마 후 노∙일 전쟁(露日戰爭)의 격랑이 휩쓸고 지나간 한반도에는 한국이라
는 민족 국가의 잔영(殘影)마저도 희미한 형편이었다.

우리에게는 힘이 없었다. 국제 정치사에서 일컫는 이른바 제국주의 시대의
한국은 무력한 힘의 진공 상태의 연속이었다.

우리 국토에서 열강들이 지배권을 위요(圍繞)하고 치열한 각축전을 전개하
고 있을 때, 신분제적(身分制的) 전제 체제 속에 들어엎드려 스스로의 힘으로

나라를 방위할 만한 충분한 자체의 역량을 구비하지 못하였던 그 당시의 우리 나라의 부패되고 무능하였던 통치 체제(統治體制)와 지도층은 국민의 신임을 잃어 버린 채 자주적인 개혁에의 가능성을 모색해 보자는 생각과 노력은 고사하고, 오히려 각기 외세(外勢)를 배경으로 한 정권 투쟁(政權鬪爭)에만 몰두하면서, 오히려 외세의 알력과 대립을 가중 자초(加重自招)하는 어리석음을 되풀이하고 있었다.

그러나 이러한 절망적인 정세 속에서도 우리의 오랜 역사 속에 맥맥히 흘러온 자주 의식(自主意識)과 슬기는 결코 송두리째 사라져 버린 것은 아니었으며, 우리 민족의 전부가 깊은 잠에서 깨어나지 못하고 있었던 것도 아니었다. 개화 초기(開化初期) 이래로부터 국권 상실에 이르기까지의 二〇여 년간을 일관하는 충격과 혼란의 도가니 속에서 우리의 선각자(先覺者)들은 그래도 역사와 현실을 알았고, 그 속에서 교훈을 찾았으며, 오랜 역사 속에 이어진 의지와 희망을 한결같이 간직하면서 새로운 광명을 찾고 있었다. 다시 말하면 새로운 선각자와 지도 세력이 서서히 길러지고 움트고 있었던 것이다.

2 근대화의 선구자들

서구 사회에서 종교 혁명(宗敎革命), 문예 부흥(文藝復興) 등의 운동이 근세

인들의 자각의 밑거름이 되어, 봉건적 신분 사회의 구속으로부터 벗어나 미국의

독립 전쟁(獨立戰爭), 프랑스의 민주 혁명(民主革命), 영국의 산업 혁명(産業

革命) 등을 거쳐 급속한 근대화 과정을 겪고 있을 때, 우리 조국은 아직도 전근

대적(前近代的)인 미몽(迷夢) 속에서 전통적 생활을 고수해 온 것이 사실이다.

그러나 이조(李朝) 중엽에 우리 민족이 임진왜란(壬辰倭亂)과 병자호란(丙

子胡亂)의 두 침략을 받은 뒤로부터 우리의 선각자들은 조국 수호를 위한 근

대화의 필요성을 자각하기 시작하였다.

그 이전의 뛰어난 선각자로서 나는 이 황(李滉·退溪)、 이 이(李珥·栗谷)의 두 학자를 꼽는다.

이들의 유학적 경륜(儒學的經綸)은 사색에 치우쳐서 실리(實利)와는 거리가 먼 흠이 없지 않았지만, 중국의 그것을 훨씬 능가하는 탁월한 것이었다.

이러한 형이 상학적(形而上學的)인 유교적 사상을 개혁하여 좀더 현실적인 문제에 착안한 것이 실학 사상(實學思想)이다.

실학 사상은 본래 우리 나라의 유학자의 자주 의식의 확대에서 시작하여、 중국에서의 견문과 서양 사상과의 접촉에 의하여 그 폭을 넓혀 간 조국 근대화(祖國近代化)의 첫 봉화였다고 할 수 있다.

정 약용(丁若鏞·茶山)에 의해서 대표되는 실학 사상에는 철학적 사고보다는 사회 현실의 개혁에 대한 강한 의욕이 반영되어 있었고、 그들은 이를 국가 시책에 반영하고 국가 사업에 활용시키고자 무던히 애를 썼으나、 당시의 정세가 이를 받아들이지 못하였다.

실학 사상이 비록 정치적으로 성과를 거두지는 못했으나, 그 속에는 전근대적인 폐단을 불식하는 관제 개혁(官制改革), 세제 개혁(稅制改革), 교육 개혁(教育改革), 국방 개혁(國防改革) 등 새로운 사회를 향한 많은 개혁안이 담겨져 있었으며, 그것은 一九세기 초엽에 우리 나라에 도입된 기독교(基督教)에 의한 사회 개혁 운동에 많은 영향을 주었다.

오랫동안 통치의 원리로 되어 온 유교는 귀족 계급과 서민 계급을 준별(峻別)하고 한문에 대한 지식을 귀족의 상징으로 삼았으며, 또 여자에 대해서는 심히 불평등한 대우를 하였었다.

그러므로 청나라를 통해서 들어 온 기독교의 평등 사상(平等思想)은 쉽게 압박을 받던 서민 대중과 여자들의 공명(共鳴)을 얻게 되었고, 또한 전도(傳道)의 수단으로 쓰여진 한글 성경(聖經)을 매개로 급속히 보급되어, 인권(人權)에 대한 자각을 불러일으키는 데 큰 역할을 하게 되었다.

그러나 이러한 기독교 사상도 전통적인 유교 사상과 배치된다는 이유로 위정자들에 의하여 강력하게 탄압되었기 때문에, 세계 도처에서 사회 개혁(社會改革)에 크게 기여한 기독교도, 개화 초기의 우리 나라에서는 결정적인 큰 성과를 거두지 못하고 말았다.

이렇듯 실학자나 기독교인에 의하여 추진되던 근대화 운동(近代化運動)이 봉건 관료 정치에 젖어 있던 보수적인 위정자들에 의한 묵살 혹은 탄압으로 결실을 보지 못하였기 때문에, 우리 민족은 모처럼의 소생의 기회를 놓치고 드디어는 아무 준비도 없이 제국주의의 격랑 속에 휩쓸리고 만 것이다.

이 때까지의 개혁 운동(改革運動)은 무자비한 탄압 속에서 많은 희생자를 내면서도 결코 과격성을 띠지 않고 점진적인 사회 여건의 개선을 기대히는 온건한 것이었다.

그러나 제국주의 열강들의 분할 정책(分割政策) 속에서 우리 조정이 속수무책으로 쉽사리 이에 영합(迎合)하는 무기력함을 드러내자, 민족의 생존과 독립을 우려한 우리 선구자들의 근대화 운동은 급격히 구국 운동(救國運動)으로

36

변모되고 급진적인 사회 개혁을 시도하게 되었다.

이러한 기운 속에서 一〇년의 간격을 두고 일어난 두 개의 획기적인 사건이 바로 갑신정변(甲申政變)과 갑오 동학 혁명(甲午東學革命)이다.

一八八四년 一〇월 一七일에 일어난 갑신정변은 쇄국적이고 보수적이던 위정자들과는 달리 세계를 옳게 파악하고 근대화의 필요성을 뼈저리게 느낀 김옥균(金玉均)을 중심으로 한 진보적인 애국 청년들이 개화 독립당(開化獨立黨)을 조직하여 일으킨 것이다.

이들은 당시의 국제 정세(國際情勢)를 깊이 통찰하고 그 속에서 급속한 발전을 이룩한 일본의 경험을 본받아, 민족의 생존과 조국의 독립을 보전하기 위해서는 근대화가 초미(焦眉)의 급선무라는 확신 아래, 청국 세력에 의존하는 수구 세력(守舊勢力)인 사대당(事大黨)을 소탕하려 한 것이다.

이들이 내건 一四개조의 혁신 정책(革新政策)은 바로 조국 근대화를 위한 새로운 구상이었다. 그들은 이 개혁안에서 사대 외교(事大外交)를 집어치우고

37

독립국으로서의 체통을 갖추자는 주체적 의식을 발현(發現)했고, 귀족의 전횡(專橫)을 배제하고, 근대적인 민주주의의 원리에 의한 인민 평등(人民平等)의 권리를 보장하자고 주장했고, 모든 제도를 간소화하여 국비를 절약하사는 합리적 방안을 제시했고, 간리(奸吏)의 일소와 탐관 오리의 치죄(治罪)로 철저한 국가 기강을 확립하기를 강조했고, 근대적인 경찰 제도(警察制度)와 군사 제도(軍事制度)를 수립하자고 외쳤고, 정치에 있어서의 일인의 독단을 배제하고 합의제(合議制)를 채택하여 근대적 정치 체제를 지향하자고 제의했으며, 궁민(窮民)을 보호하는 근대적인 사회 정책(社會政策)을 실행하자는 것과 정치범에 대한 정치적 아량을 베풀자는 것 등을 제시하였다.

요약하면 민족적인 자주적 터전 위에 근대적 민주주의 원리의 정치를 하여

보겠다는 것이었다.

이것이야말로 실로 우리 나라 근대화 운동에 있어서 기초적인 진일보(進一步)를 내디딘 것이라고 볼 수 있다.

그러나 이러한 개화 독립당의 염원은 일본의 배신과 청국의 간섭으로 사대 보수파(事大保守派)에 의하여 불과 三일만에 처참한 좌절을 보았고 이들 청년 혁명가들은 비참하게 몰락되고 말았다.

근대화 운동은 한 마디로 말하자면 국민 대중을 다같이 잘 살게 하자는 것인데, 그렇다고 하면 먼저 국민 대중 사이에 근대화 의식(近代化意識)이 자각되어 있어야만 한다.

그런데 갑신정변에 있어서는 몇몇 선각자들만이 근대적 의욕을 자각하였을뿐, 국민 대중들은 아직도 전근대적인 의식에 지배되어 있었기 때문에, 김옥균 일파의 혁신 운동이 국민 대중의 호응을 받지 못하고 말았던 것이다.

혁명을 완수하려면 사전에 치밀한 계획과 조직이 완비되어 있어야만 하는데, 갑신정변은 그러한 점에 있어서도 미비한 점이 너무나 많았다.

또 우리 나라는 특수한 지정학적 위치(地政學的位置)에 놓여 있기 때문에, 우리 나라를 둘러싸고 있는 청국과 일본의 동향을 잘 알고 있어야만 했는데, 갑

39

신정변에 있어서는 그 점에 관해서 대단히 소홀했었다.

그들이 일본을 과신했다는 것도 잘못이요, 청국의 간섭을 예견 못했다는 것도 실수가 아닐 수 없었다.

갑신정변은 실패했다. 그러나 그것은 다음에 온 개혁 운동에 많은 교훈을 남겼다.

갑신정변이 있은지 一〇년 후, 즉 一八九四년(고종 三一년 갑오) 三월 二一일 전 봉준(全琫準) 등이 전라도 고부(古阜)에서 일으킨 동학 혁명(東學革命)은 우리 역사상 드물고도 놀라운 민중의 자발적인 항거 운동(抗拒運動)이었다.

개화 독립당이 서구적인 근대화를 지향한 것이라면 동학 혁명은 반서구적(反西歐的)인 근대화를 지향했다.

이 봉기의 사상적 밑받침이 된 것은 동학(東學)이라는 종교였는데, 그 교지(敎旨)의 요점은 신과 인간과의 동격, 즉 인내천(人乃天)의 사상이었다.

이 종교는 그 근본을 한국의 고유 신앙에 두면서, 유교(儒敎), 불교(佛敎),

40

도교(道敎)의 동양 종교(東洋宗敎)를 종합하여 기독교에 대립하는 사상으로 성장한 것이다.

이 종교가 스스로 동학이라고 부른 것도 기독교를 서학(西學)이라고 부르던 데 대한 대립적인 의미를 가지고자 한 것이었다.

그러나 실제에 있어서는 그 교리(敎理)에 기독교 사상도 많이 참작되어 있었다.

동학에는 두 가지 정신이 뚜렷하였다.

그 하나는 서구 열강과 신흥 일본의 세력에 의해서 침략을 당할 위기에 있는 조국을 수호하겠다는 강력한 민족적 주체 정신(民族的主體精神)이었고, 다른 하나는 귀족층의 압정에 시달린 서민 계급, 특히 농민에게 만민 평등(萬民平等)의 복음을 주자는 민주적 자유 정신(民主的自由精神)의 강조였다.

당연한 결과로서 동학은 농민층에서 많은 신봉자를 얻은 반면, 집권층으로 부터는 백안시(白眼視)되어 사교(邪敎)라 규정되고 많은 탄압을 받았을 뿐 아

41

니라, 그 교조(敎祖)는 처형되고 말았다.

그러나 동학을 신봉한 농민들은 끝내 혁명을 일으켜 일시 상당한 세력을 떨쳐서, 전국 방방곡곡에 새로운 혁신의 기운마저 감돌게 하였다.

이에 당황한 조정은 청국과 일본의 외국 군대까지 투입하여 그 진압에 나섰고, 결국 이 농민들의 혁명도 일 년만에 관군에 의하여 소탕됨으로써 실패로 돌아가고 말았다.

그들이 내걸었던 一二개조의 폐정 개혁(弊政改革) 조목은 근대화를 갈망하는 의지의 농도(濃度)에 있어서 갑신정변 때의 혁신 정책보다 훨씬 강렬한 것이었다.

그들은 첫째로, 탐관 오리의 숙청뿐 아니라, 횡포한 부호, 불량한 양반까지도 처벌해야 한다고 주장하였으며, 노비(奴婢)와 천인(賤人)의 해방, 과부의 재혼 등을 내세운 점에서 정치적 개혁의 선을 넘어서 사회적 개혁까지도 의도하고 있었으며, 둘째로, 잡부금(雜賦金)의 폐지와 공사채(公私債)의 면제를

42

주장함으로써, 일반 민가의 고통을 덜게 하려 하였고, 세째로, 토지 개혁(土地改革)을 주장함으로써, 농민의 의사를 대변하였고, 네째로, 정부와의 협력을 선언하는 일방 일본군과 상통(相通)한 자의 엄벌을 주장함으로써 국가의 체통과 민족의 주체성을 유지하고자 한 것 등을 볼 수가 있다.

갑오 동학 혁명의 실패 원인은, 첫째로, 지도력의 빈곤이었다. 그들의 단결력의 불충분, 내외의 정치 정세에 대한 식견과 통찰력(洞察力)의 결여, 민중에 대한 조직과 훈련의 부족 등, 이러한 모든 것이 지도력의 빈곤에 기인하는 것으로서 모처럼의 민중 봉기(民衆蜂起)를 결실맺지 못하게 하였던 것이다.

둘째는, 인방 제국주의의 간섭이었다. 청국의 간섭과 특히 근대화된 일본의 무력 침공 앞에 모처럼의 농민 대중(農民大衆)의 근대적 각성이 짓밟히고 만 것은 참으로 비통한 일이 아닐 수 없다.

그러나 그것은 인방 제국의 거센 침략에 대항하여 조국의 독립 주권(獨立主權)

을 수호하고자 하는 민족적 정신과 전근대적인 부패 정권이나, 양반 지배 계급에 대한 사회 개혁을 외친 민주적 정신(民主的精神)은, 우리 나라 근대화 운동에 있어서의 커다란 초석으로 남게 되었다.

양차의 개혁 파동은 비록 실패로 돌아갔지만 보수적인 정부에 큰 자극을 주게 되었고, 그 결과 김 홍집(金弘集)을 수반으로 한 개화당 내각(開化黨內閣)에서는 정치 제도, 경제 제도, 사회 제도의 다방면에 걸친 개혁을 시도하기에 이르렀다.

이것을 갑오경장(甲午更張)이라고 하는데 그 내용은 다음과 같은 것이었다.

① 자주 독립의 기초를 확립하고,

② 왕실 전범(典範)을 개정하여 왕위의 계승과 종실(宗室), 왕척(王戚)의 한계를 명확히 하고,

③ 왕은 각 대신과 의논하여 정사(政事)를 행하고, 왕후와 외척은 간섭할 수 없게 했으며,

④ 왕실 사무와 국가 사무를 분리하고,

⑤ 각 관직의 직무 권한을 명백히 하고,

⑥ 인민의 납세(納稅)는 모두 법령과 법정률(法定率)에 의하게 하고,

⑦ 조세의 징수 및 경비의 지출을 제도화하고,

⑧ 왕실의 비용을 솔선 절약하여 관리들의 모범이 되게 하고,

⑨ 왕실과 관청에 예산 제도(豫算制度)를 도입하고,

⑩ 지방 관제(地方官制)를 개정하여 지방 관리의 권한을 제한하고,

⑪ 총명한 자제를 널리 외국에 파견하여 학술과 기예(技藝)를 전습시키며,

⑫ 장교를 교육하고 징병법(徵兵法)을 써서 군제(軍制)의 근본을 정초(定礎)하며,

⑬ 민법(民法)과 형법(刑法)을 엄명하게 작정하여 함부로 인민을 감금하거나 처벌하지 말고 인민의 생명과 재산을 보호하며,

⑭ 문벌(門閥)에 의하지 않고 널리 인재를 등용한다고 규정해 놓고 있다.

갑오경장은 우리 나라 근대화 실현의 구체적 출발점을 이루었다고 평가될 수 있다.

그것은 갑신정변, 동학 혁명 정신의 직접적인 반영(反映)이었다고 볼 수 있으며, 또한 그것은, 정부에 의해 직접 추진될 전면적인 개혁의 시도(試圖)였다는 점에서도 의의는 크다.

그러나 이 개혁안이 우리 정부의 자주적 역량(自主的 力量)으로 이루어진 것이 아니고, 일본군 점령하에서 그들의 강압에 의하여 이루어진 것이라는 배경 때문에, 일본의 침략에 예민한 일반 국민들은 이에 대해 크게 기대를 걸지 않았으며, 지극히 냉담한 반응밖에 보이지 않았다.

결국 갑오경장은 허다한 신법령(新法令)을 제정했으나, 일본인 고문들을 채용하는 것밖에 없는 유명무실한 것이 되고 말았을 뿐 아니라, 오히려 남은 것이라고는 없게 되었으니 태산명동서일필(泰山鳴動鼠一匹)격이 되고 말았고, 결국 일본에게 제국주의 침략의 발판을 마련해 줌으로써, 우리 국민들의 마음 속에 근대화를 외구 경원(畏懼敬遠)하는 사조(思潮)를 지니게 하는 역효과까지 초래하게 되었다.

이러한 시행 착오의 연속 속에서, 조국의 근대화를 염원하는 우리의 선각자들은, 성공적인 조국 근대화 운동은 각성되고 조직된 민중에 의한 자율적(自律的)인 운동이 되어야 한다는 확신을 더욱 굳게 하였다.

갑신정변 후 미국으로 망명하였다가 귀국한 서 재필(徐載弼) 박사의 지도 아래 一八九六년에 조직된 독립 협회(獨立協會)는, 한국민의 가슴 속에 근대 국가 의식과 근대화의 의욕을 심어 준 최초의 범민족적(汎民族的)인 국민 운동(國民運動)이었다.

갑신정변이나 갑오경장의 경우와는 판이하게, 외세를 배경으로 하지 않았던 자주적 구국 운동(自主的救國運動)이며 근대화 운동이라는 점에서, 그리고 격렬한 동학 혁명처럼 무산자(無産者)에 의한 계급적 반체제 운동(階級的反體制運動)이 아니었다는 점에서, 많은 청년 학도들의 추종과 지지를 얻었다.

서 박사는 국민 의식의 각성과 자발적 협력이 뒷받침되어야 한다는 신념으로 순 국문지(純國文紙)인 「독립 신문(獨立新聞·一八九六)」을 창간하였다.

「독립 신문」의 논설을 통해서 서 박사는, 국가 주권 수호(國家主權守護)가 전국민의 결속 단합에서만 이루어질 수 있다는 점을 강조하고, 독립 국가를 유지해 나가기 위해서 국민 교육이 얼마나 중요한가를 역설했으며, 의식주(衣食住)의 개선, 미신 타파, 보건 위생의 필요성 등 국민 생활의 모든 분야에 걸쳐, 적극적인 일대 계몽 운동(一大啓蒙運動)을 전개하였다.

그는 또한 정치에 대하여 외국 의존의 태도를 버리고 국가의 자주 독립성(自主獨立性)을 확립할 것과, 자유 평등의 민권을 보장하여 민주주의 정치(民主主義政治)를 실천할 것을 주장하면서, 맹렬히 정부의 무능력한 처사를 비난하고 열강의 침략적 행동을 공격하였다.

한편 그는 독립 협회의 조직을 통하여 민권 운동(民權運動)을 대대적으로 벌여 독립문(獨立門)을 세워 국민의 자주 의식을 높이고, 一八九八년 一○월 二

48

九일에는 서울 종로 네거리에서 만민 공동회(萬民共同會)라는 민중 대회를 개최하여 정부의 매국적 태도를 탄핵하고 六개 항목의 개혁안을 채택하여 고종 황제(高宗皇帝)에게 그 실시를 요구하는 등 활발한 운동을 전개하였다.

이러한 운동이 얼마나 국민들의 열광적 지지를 받았는가는, 동 협회가 발족한지 불과 三개월 안에 一만여 명의 회원을 확보할 수 있었다는 사실로도 짐작할 수 있다.

특히 윤 치호(尹致昊)、이 상재(李商在)、이 승만(李承晩) 등의 청년 지사들이 독립 협회 운동에 가담하여 근대 국가에의 의지를 불튀기는 열정으로써, 국민들의 가슴 속 깊이 심어 놓았다.

그러나 한편 독립 협회의 이러한 움직임을 가로막는 장벽은 하나 둘이 아니었다.

개혁에는 언제나 저항(抵抗)이 전제되게 마련이다. 더우기 당시의 한국과 같이 여러 세기에 걸친 전통 체제(傳統體制)의 인습과 수구적 정치 세력에의

49

해서 지배되고 있던 상황에서는 개혁 운동이 당면하는 허다한 난관은 불가피

한 것이었다고 볼 수 있다.

독립 협회의 활동을 분쇄하기로 작정한 보수 반동 세력(保守反動勢力)들은

특히 만민 공동회가 개혁안을 황제에게 건의한 직후에는 이에 대항하기 위하여

황국 협회(皇國協會)를 결성하고, 수천 명의 불량배를 모아 집단 테러단을 조

직하고, 이들에게 만민 공동회를 습격하게 하는 사태까지 벌였으나, 그러한 속

에서도 독립 협회에 의한 민권 투쟁 운동(民權鬪爭運動)이 점점 확대돼 나가

자, 필경에는 정부의 강권을 발동하여 독립 협회에 해산 명령을 내리고 그 중

심 인물을 체포하는 등의 탄압책을 쓰게 되니, 벌판의 불길같이 일어나던 이

운동도 점차 쇠퇴(衰退)의 길을 걸을 수밖에 없게 되었다.

독립 협회의 근대화 운동에 항거하는 보수 세력이 조직된 정치력으로 대두하

게 된 데에는 일본을 비롯한 영·로(英露) 등의 제국주의 열강의 이간 분할 책

동(離間分割策動)이 크게 작용하였던 것을 우리는 잊을 수 없다.

우리가 지금 「개화 운동(開化運動)」이라고 부르는 一九세기 후반의 우리 나라 선각자들의 위에서 서술한 바와 같은 일련의 끈질긴 근대화 운동도, 독립협회가 해산된 뒤로는 크게 조직화된 운동으로 발전하지 못하고 말았다. 참으로 원통한 노릇이라고 아니할 수 없다.

조국의 근대화를 이룩할 수 있는 절호(絶好)의 기회였던 여러 차례의 개혁 시도(改革試圖) 중 그 어느 하나라도 성사되었더라면 나라를 빼앗기는 비운과 국치(國恥)는 겪지 않아도 되었을 것이다.

물론 이 뒤에도 나라를 구하고자 하는 애국 선현(愛國先賢)들의 마지막 몸부림은 끊임없이 계속되었다. 안 창호(安昌浩) 중심의 흥사단 운동(興士團運動), 장 지연(張志淵) 등 언론인의 정론 활동(政論活動), 민 영환(閔泳煥) 등 제열사의 자문 순국(自刎殉國)、 이 준(李儁) 열사의 해아 만국 평화 회의(海牙萬國平和會議)에서의 분사、 안 중근(安重根) 의사의 이등박문(伊藤博文) 사살、 전국 각지에서 일어난 의병 활동(義兵活動)、 그리고 유명 무명의 많은 우국 지사

51

들이 학회나 사립 학교 등을 설립하여 방방곡곡에서 벌인 신교육 운동 등 우리 민족의 자주적 역량을 배양하기 위한 노력과 우리 민족의 백절 불굴의 혼과 기백을 내외에 크게 떨치는 쾌거는 쉴 사이 없이 성난 화산처럼 터져 나왔다.

그러나 이러한 피눈물나는 노력도 오랜 절대적 전제 봉건 체제 밑에서 항거보다는 체념이 몸에 배어 있던 몽매한 대중과, 역사의 진운(進運)에 눈이 어둡고 집권욕(執權慾)에만 사로잡혀 있던 우둔한 위정자와, 이를 교묘하게 이용하던 제국주의 열강의 교활한 식민지 분리 정책(植民地分離政策) 앞에서는 그 성과를 기대하기 어려운 것이었으며, 드디어 一九○五년의 을사 조약(乙巳條約)을 거쳐 一九一○년 八월 二九일 우리 나라는 일본에 병합되고 말았던 것이다.

이리하여 근대화 운동의 선각자들은 체포 혹은 투옥되거나 지하 혹은 해외로 망명 분산해 버렸다.

그러나 실패로 돌아간 개혁 운동들이 뿌린 씨는 국민 대중의 가슴 속에서 자라나기 시작하였으며, 자주 자립(自主自立)에의 의욕이 급격히 그 저변(底邊)을 확대해 나가면서, 광명의 날이 오기를 기다리고 있었다.

3 자주민의 선언

이로부터 二차 세계 대전의 종막과 함께 일본 제국주의의 폭정에서 해방될 때까지 한국은 반 세기에 걸친 새로운 또 하나의 민족적 시련을 겪게 되었다.

일본에 의해 강제적 합방(強制的合邦)이 이루어지자 오래도록 간직해 온 민족적 긍지가 여지없이 유린당한 데 대한 한민족의 분노는 이루 형언하기 어려운 비통한 것이었다.

무단 전제적(武斷專制的) 강압으로 일관한 일본의 식민 정책은 세계의 이목도 두려워하지 않고 인도적 정의(人道的正義)도 돌보지 않은 채, 그들에 대한 모든 반대 의사와 행동을 억압하고 우리의 고유한 민족 문화(民族文化)마저 말살

하려 들었다.

일본의 제국주의적 한국 통치가 가혹해질수록 한국인의 자주 의식과 저항의 식은 더욱 깊이 뿌리박히게 되어, 드디어 그것을 조직적 저항의 길로 내뿜기 시작하였다.

한국이 주권을 박탈당한 一九一〇년을 전후한 시기의 전반적 사태는 어둡기 짝이 없었으나, 그 암흑의 지옥 속에서도 몇 줄기 광명을 찾아 볼 수 있다. 국권 회복(國權恢復)을 위한 독립 운동은 해외로 무대가 옮겨져 미국, 만주 등에서 계속되어 갔다.

미국에서는 흥사단(興士團·一九一三), 동지회(同志會·一九一四) 등의 광복 운동 단체(光復運動團體)가 조직되었고, 만주에서는 부민단(扶民團·一九 一二)이 발족하였다.

특히 제一차 세계 대전이 끝나던 전후부터 한국의 국권 광복 운동은 급작스런 활기를 띠고 국내외에서 보다 조직화(組織化)된 항일 투쟁(抗日鬪爭)으로 전개되어 갔다.

해외에서는 동경 유학생들의 독립 운동 회의를 비롯하여 상해 프랑스 조계(上海佛租界)를 중심으로 한 독립 투쟁 계획, 그리고 미국에 있는 대한인 국민회의 독립 청원서 제출 등이 一九一九년 초부터 두드러지게 활기를 띠어 갔다.

특히 이 시기의 언론은 비록 수공업적 단계의 유치한 규모의 것에 지나지 않았지만, 민족의 독립을 저해하는 정치적、사회적 요인을 규탄하는 데 과감했다.

여기에는 대한 매일 신보(大韓每日申報)의 발행인이었던 「어네스트・베델」같은 영국인까지도 가담하여 정의의 필봉(筆鋒)을 휘둘렀다.

대한 제국(大韓帝國)의 말기에 처음 도입된 우리 나라 신문(新聞)은 그 시작이 공교롭게도 국가의 몰락과 때를 같이 했기 때문에, 민족의 자주와 독립을 고취하는 데 민감하지 않을 수 없었으며, 그들이 가졌던 사명감은 바로 민족 정기(民族精氣)를 대변하는 것이었다.

그리하여 그들은 민족 의식 각성의 선도적 핵심 세력(先導的核心勢力)으로 등장하였다.

한국의 초기 근대화 운동을 일관한 개화 사상(開化思想)의 근본에는 정치적 민권 의식이 이미 깃들여 있었다.

따라서 주권을 박탈당하고 독립을 빼앗긴 겨레의 분노와 합쳐질 때 가장 먼저 나타난 것이 민족주의적 저항 의식(民族主義的抵抗意識)이었다는 것은 극히 당연한 일이다.

그리하여 나라를 위한다는 것이 종래의 임금이나 어떤 왕조를 섬기는 것이 아니라, 바로 민족 전체를 위하는 것이 되어야 한다는 생각이 점점 온 겨레의 마음 속에 굳어져 갔다.

우리 민족이 독립을 되찾는다 하더라도 그것이 곧 왕위(王位)의 복귀(復歸)를 뜻하는 것이 아니라는 정도로 근대 의식은 자라난 것이다.

이렇게 개화된 민족 의식을 보급시킨 것이 계몽 운동(啓蒙運動)이요, 신문화 운동(新文化運動)이었다. 나라를 상실한 우리의 입장에서 가능했던 저항이란 신문화 운동밖에 없었고, 이 운동이 성공적으로 이루어졌을 때, 그것은 필연적으로 독립 운동의 일환으로 확대될 수 있는 것이었다.

이 점에 일제하에서의 근대화 운동의 특색이 있는 것이었다.

따라서 一九一〇년 이후의 국내 지도자들은 대부분 문화 내지 종교 분야(宗教分野)에서 활동하면서 동시에 독립 운동의 선봉 구실을 하기에 이르렀다.

이들은 자주민(自主民)으로서의 긍지없이는 여하한 문화적 개화도 필경은 소용없는 것이라는 신념을 매우 공고(鞏固)하게 가지고 있었다.

당시의 지도자들이 많은 불리한 여건 아래 악전 고투를 겪어 왔지만, 이러한 자각의 깊은 뿌리가 이미 국민들의 의식 속에 퍼져 있었기 때문에, 비로소 거족적(擧族的)인 대항쟁(大抗爭)이 일어날 수 있었던 것이다.

우리는 그 단적인 표현을 위대한 三・一운동에서 쉽사리 찾아볼 수 있다.

一九一九년 三월 一일을 기해서 한국 각처에 일어난 항일 운동은 매우 조직적이고 의식적인 시위의 형태에서 출발하여 차차 민중적 규모(民衆的規模)로 커 나갔다.

이것은 민족의 일대 항쟁(抗爭)이었다.

그 규모가 얼마나 거족적이었던가를 통계적으로 살펴보면 시위를 위한 민중의 집회수가 一, 四四二회, 집회 인원수가 二, ○五一, 四四八명, 사망자수가 七, 五○九명, 일본 관헌에 체포된 인원수가 四六, 三○六명 등으로 나타나 있다.

이 통계는 물론 정확한 것은 아니고 추정치(推定値)에 지나지 않는다.

그러나 이것으로도 三·一운동의 성격이 얼마나 범민족적이었던가를 넉넉히 짐작할 수가 있다.

이 운동은 당초 해외의 망명 지사(亡命志士)와 국내의 몇몇 지도적 인사들의 치밀한 사전 계획 아래 진행되었다.

당시 한국의 종교계를 대표하는 천도교(天道敎)의 손 병희(孫秉熙)를 비롯

58

하여 기독교 및 불교계의 지도적 인사 三三인이 모여 「독립 선언서(獨立宣言書)」를 작성하고, 이에 서명하여 『조선의 독립국임과 조선인의 자주민임을 선언』하고, 『이를 세계 만방에 고하고 자손 만대에 고하여 민족 자존(民族自存)의 정당한 권리를 주장하고 인류의 정의에 호소』한다고 하였다.

그것은 민족의 자유 독립에 대한 의사를 세계 인류에 천명하는 것이었으며, 일제의 한국 병탄(韓國併呑)이 우리 민족의 의사에 반(反)해서, 그리고 인류의 정의에 어긋나게 강제되었다는 사실을 다시 한 번 천명하는 것이기도 하였다.

이들 三三인의 민족 대표(民族代表)에 못지 않게 三・一운동을 배후에서 조직한 젊은 층으로서 국내, 국외에서 신학문을 배우던 학생 대표들을 들지 않을 수 없다. 과거 반세기 이상을 두고 한국의 근대적 각성과 자주 독립을 위한 공헌자로서의 학생의 구실은 매우 큰 것이었다.

이러한 모든 점을 종합해 볼 때, 三・一운동을 계획하고 이끈 인사들은 일본 또는 미국을 통해서, 근대적 의식을 각성하고 민족 의식(民族意識)에 투철한 당시의 민족 「엘리트」이었음을 알 수 있다.

이들의 움직임에 호응한 민중은 삼천리 방방곡곡에서 우렁찬 대한 독립 만세(大韓獨立萬歲)를 외치면서 맨주먹으로 일제의 관헌과 맞부딪쳐 목숨의 희생을 무릅쓰고, 너도 나도 앞을 다투어 자주민의 선봉의 대열에 끼었던 것이다.

물론 숱한 인명이 쓰러지고 무명의 애국 지사들이 수없이 감금 투옥되었다.

이와 같이 범민족적인 대행진이, 지도자와 민중이 혼연 일체(渾然一體)가 되어, 민족의 얼을 과시한 일은 우리 역사 속에서도 참으로 드문 일이었다.

한국의 三·一운동을 촉발(觸發)시킨 직접적 계기가 된 것은 一차 세계 대전이 끝난 직후, 미국 대통령 「윌슨」이 전후 처리 방안(戰後處理方案)으로서 제시한 一四개조의 기본 원칙에 힘입은 것이다.

그 가운데 한 항목이 이른바 민족 자결(民族自決)의 원칙으로서 어떤 민족이건 그 민족의 운명은 그 민족 스스로의 의사에 따라 결정된다는 것이었다.

이미 一차 대전 기간 중에 아일란드、 이집트、 터어키、 인도、 중국 등지에서 피압박 민족(被壓迫民族)의 국민 운동이 일어났었고 이 항목의 적용을 받아 전후에 중·동 유럽을 중심으로 해서 체코슬로바키아、 루마니아、 불가리아 등 여러 독립 국가가 새로 탄생하게 되었다.

정치가 「윌슨」의 의중(意中)에 한국이 들어 있었건 말건、 민족 자결의 원칙은 때마침 기회를 노리고 있었던 한국민에게 일본의 압제로부터 풀려나려는 의욕을 고취(鼓吹)시킨 계기가 되었고、 이런 계기가 있었기 때문에 당시의 민족 「엘리트」들은 더욱 용기를 얻고 「독립 선언(獨立宣言)」이라는 단호하고도 명쾌한 방식을 취할 수 있었으며、 정의가 우리 쪽에 있다고 믿었기 때문에、 그들은 조금도 주저함이 없이 자주민의 선언을 온 천하에 외쳤던 것이다.

三·一 독립 선언서는 그런 뜻에서 매우 이상주의적인 어조(語調)를 띠고 있다。 압제자의 무자비한 폭정(暴政) 아래서 민족의 얼이 짓밟히지 않고 이렇게도 명백하게 선양(宣揚)될 수 있었던 일이 세계를 통틀어 얼마나 있었을까?

나는 북미 합중국이 유럽 대륙의 예속을 벗어나 인간의 자유를 드높이 부르짖

으면서 새 국가의 탄생을 만방에 공포한 저 一七七六년의 선언을 상기한다.

미국의 경우가 성공으로 끝난 것이었음에 반해 一九一九년의 한국의 기도

(企圖)는 비록 최종적 독립은 가져오지 못했을망정, 그 정신과 의기에 있어,

그 품은 바 이상(理想)에 있어, 조금도 뒤지지 않는 것이었음을 크게 자부한다.

한국의 三・一 독립 선언서는 한민족이 정의를 굳게 믿고 있었기 때문에, 폭

정에 대해 비폭력(非暴力)으로 대했고, 자주 정신에 투철했기 때문에, 남을 해

침이 없었고, 남에게 침략을 당하지 않는 진정한 공존의 입장을 강조했고, 그

결과로 해서 궁극적으로 세계 평화(世界平和)와 인류의 행복에까지 호소하는

대의(大義)와 명분(名分)에 가득차 있는 탁월한 내용을 담고 있다.

이 문서의 마지막 공약에 명시되어 있는 바와 같이, 三・一 운동의 지도자들은

『정의(正義)、 인도(人道)、 생존(生存)、 번영(繁榮)을 위하는 민족적 요구이니

오직 자유적 정신을 발휘할 것이요 결코 배타적 감정으로 일주(逸走)하지 말라」

고 했으며, 『일체의 행동은 가장 질서를 준중하여 오인(吾人)의 주장과 태도로

하여금 어디까지든지 광명 정대(光明正大)하게 하라」고 강조했다.

그리고 그와 동시에 『최후의 일인까지、최후의 일각까지 민족의 정당한 의

사를 쾌히 발표하라」고도 명시했다.

민족 자결의 원칙 자체가 소박한 독립 의식(獨立意識)이라기보다 서구의 근

대적 「내셔널리즘」이 낳은 서구 사상(西歐思想)의 하나라고 할 수 있고, 당시의

일제 학정 아래 정치적 경제적으로 최악의 상태에 눌려 있으면서 이렇게도 위

축되지 않고 자긍(自矜)과 신념에 차서 자주 독립을 선언한 선인들의 용기는

오늘날 우리로서도 본받을 만한 것이라 할 수 있다.

특히 외국 인사들이 한국의 근대적 자각을 평가하는 데 있어 사태의 결과만을

강조하여 그 정신적 측면을 간과(看過)하는 일이 없기를 나는 바라고자 한다.

三·一운동이 그 선언 이후 삽시간에 거족적 규모의 비폭력 시위(非暴力示

威)로 번졌을 때, 일본의 정치 권력은 무자비한 탄압과 고문과 학살로 이를 막

으려 했지만, 그들로서도 이 정당한 주장을 무시하기란 그리 쉬운 노릇이 아

니었다.

그래서 그들은 이른바 「문화적 통치(文化的統治)」로의 약간의 정책 전환을

하지 않을 수 없게 되었는데, 당시의 일본이 좀더 평화를 애호하고 정의를 존

중하는 국가이었던들 한·일 관계(韓日關係)는 훨씬 빨리 정상화될 수 있었을 것

이고, 일본 자신도 二차 대전이 가져 온 군국주의적 종말(軍國主義的終末)을 회

피할 수 있었을 것이다.

민족 자결의 원칙은 三·一운동이 일어난 바로 그 해 중국의 五·四운동, 인

도의 「간디」에 의한 비폭력적 시위 운동 등에서 다시금 구현되었다.

한국 민족의 이 최초의 민족적 각성이 나아가서 아시아 민족 운동(民族運動)

의 봉화의 구실을 하였다고 한다면 과언일까?

적어도 인도의 독립 운동자들에게 한국의 움직임이 중요한 관심사가 되었다

는 점만은 틀림없다.

당시의 열렬한 반영 운동자(反英運動者) 「네루」는 그의 외동딸 「인디라」에게 매일처럼 옥중에서 편지를 띄웠다.

그 일절에 아래와 같은 말이 나온다. 『독립 운동을 위한 항쟁은 오랫동안 계속되어 여러 번 폭발을 보았다. 그 가운데서 중요한 것은 一九一九년의 봉기였다. 한국의 민중, 특히 젊은 남녀들은 우세한 적에 대항하여 용감하게 투쟁했다.

그들은 이렇게 그들의 이상을 위해 순사(殉死)한 것이다.

일본의 한국인 억압은 역사 가운데서도 가장 비통한 일이었다.

한국에서는 대개 학교를 갓 나온 소녀들이 이 투쟁에서 중요한 구실을 하고 있다는 것을 알면 아마 너도 마음이 이끌릴 것이다.』

그 때의 나이 어린 소녀는 이러한 아버지의 세계사 교육을 받아 이제 인도의 수상이 되었다.

三·一 운동의 참뜻을 요약하자면, 한민족은 자주와 독립을 옹호하는 데 있어 조금도 양보할 수 없으며, 그것을 침해하려는 침략자도 이를 용납할 수 없으며, 우리의 민족혼(民族魂)을 선양하는 길이, 궁극적으로 세계 평화에 기여하는 길이라는 우리의 이상을 선양하였다는 것이다.

그 때의 지도자들이 一九一九년 三월 一일을 기해 보여 주었던 조국을 향한 사랑과 정열, 소아(小我)를 버리고 민족의 대의(大義)를 위해 뭉쳤던 단결력(團結力), 그리고 생사를 초월한 불퇴전(不退轉)의 투지는 오늘의 한국 근대화 작업 속에 연면하게 이어져 오고 있음을 나는 확신한다.

三·一 운동은 민중의 조직화가 철저하지 못하였고 투쟁 방식으로 무저항주의(無抵抗主義)를 채택했으며, 당시의 국제 정세가 우리 민족에게 유리하지 않았다는 점 등으로 독립의 쟁취라는 정치적 목표(政治的目標)를 달성하는 데 실패하였으나, 우리 민족의 전통적인 독립 정신과 그 의지를 널리 만방에 선양하여 세계 각국의 사람들로 하여금 한민족에 대한 인식을 새롭게 하였을 뿐만 아니라, 상해(上海)에 대한 민국 임시 정부(大韓民國臨時政府)를 세워 민족의 의기(意氣)를 북돋웠고, 세계를 향해서 일본의 폭정을 규탄하는 데 일단 성공했다고 할 수 있다.

대한 민국 임시 정부의 수립으로서 종전까지만 해도 전 조선 왕조(前朝鮮王朝)의 복권을 목적으로 하던 국권 광복 운동에, 혁명적 전기가 마련되어 민주적 공화 체제(民主的共和體制)의 독립 한국을 위한 주권 회복 투쟁(主權恢復鬪爭)으로 전환된 것이다.

이후의 만주에서의 무장 투쟁까지 포함하여 국내외의 독립 투쟁이 모두 상해 임시 정부(上海臨時政府)와의 연관에서 전개되어 왔다.

그러나 그보다 더 큰 보람은 민족의 각성에서 찾을 수 있다.

그 때의 우리 국민들은 자주 독립을 달성하는 길은 오직 민족 자체의 역량을 양성하는 길밖에 없다는 생각에 도달했던 것이다.

이것은 매우 귀중한 우리들의 피의 대가이었다.

이후 보이지 않는 민족의 항쟁은 소규모나마 끊임없이 지속되었다.

이와 같이 끊임없는 의지로 버틴 우리 민족의 항쟁에 대해서 차차 일본은 무단 탄압(武斷彈壓)과 병행하여 이른바 문치(文治)로써 한국인들의 자주、독립 의지를 완화하려는 결정을 하였다.

그러나 제일차 대전 후 경제 불황(經濟不況) 속에서 그 타개의 실마리를 식민지 착취에서 찾으려던 일본의 대한 통치(對韓統治)는 한국인 생활에 큰 타격을 주었으니、특히 농민들이 받은 충격은 비참을 극한 것이었다.

일본의 문치 유화 정책(文治宥和政策)은 간사한 식민지 정책의 본성을 은폐하려는 위장에 불과하였던 것이다.

이러한 일제의 착취적 통치(搾取的統治)에 항거하여 국내외의 독립 운동도 점차 무력 항쟁의 폭력 수단으로 변질되어 갔다.

그러나 보다 광범한 민중의 호응을 받은 것은 역시 一九二○년 이후 늘어난 언론인의 활동이었다고 여겨진다.

이 시기에 한국은 비로소 「동아 일보(東亞日報)」나 「조선 일보(朝鮮日報)」와 같은 민간인에 의한 본격적인 신문(新聞)과 잡지(雜誌)를 발간할 수 있게 되었는데, 이들은 일본 관헌의 끊임없는 간섭과 강압에도 불구하고 민족의 대변인 노릇을 할 수 있었다.

한국민의 저항 정신이 三·一운동 이후 가장 조직적으로 집결한 곳이 바로 언론이었고, 당시의 언론인들은 직업적인 존재이기에 앞서 탁월한 지식인이요, 또한 우국 지사로 민중에게 공인되었다.

시련과 고난의 시기에 그들이 독립 투쟁의 첨병(尖兵)으로서, 민권 투쟁의 기수로서, 근대화의 선도자로서 민족의 의지를 대변한 상징적인 존재였음을 우리는 잊지 않고 있다.

신문화 운동은 이 밖에도 여러 부면에서 결실을 보기 시작했다. 문학 예술(文學藝術)을 통해서 민족주의적 이상과 계몽주의적 정열을 작품화(作品化)하려는 노력이 엿보였는가 하면 서구의 근대적 기조(近代的基調)를 우리의 것

69

으로 하고자 하는 기도가 뒤따르기도 했다.

그들은 주어진 환경에다 불만과 노여움을 표시하면서도 새로운 표현, 새로운 인간관(人間觀)의 형성을 꾸준히 모색해 나아갔다.

신문화 운동은 비단 문화 예술뿐만 아니라, 여성 운동(女性運動), 청소년 운동(靑少年運動)으로 번져 신생활 운동(新生活運動), 체육의 장려, 조선어 학회(朝鮮語學會)를 중심으로 한 「우리말 찾기 운동」, 물산 장려 운동에 이르기까지 민족 문화의 근대화와 새로운 사회 의식에 뿌리박은 생활 합리화의 싹은 상당히 무르익어 갔다.

그러나 이러한 노력도 일본의 침략적 야욕이 노골화함에 따라 또 한 번 좌절되는 운명을 맞이하지 않을 수 없게 되었다.

그들이 만주를 침략하고 중국 본토(中國本土)를 지배하려 드는 군국주의적 정책을 강화함에 따라 한국은 군사적 전초 기지로서 일본에의 동화(同化)를 강요받기에 이르른 것이다.

그들은 우리의 젊은이를 일본의 침략 전에 강제로 동원하고 학교 교육(學校教育)도 제대로 못 받게 하였다.

一九三○년대 후반부터 一九四五년의 해방에 이르기까지의 一○년 동안 한국은 우리의 고유한 언어의 존재조차 말살당하는 위험에 놓여 있었다.

그 동안 왜곡(歪曲)된 형태로나마 내면적으로 근대화를 지향해 온 모든 노력은 그들의 강요와 탄압으로 일시에 수포로 돌아가고 말았다.

이리하여 모처럼 다시 찾은 민족의 각성은 압도적인 외세의 작용으로 일시적 중단을 강요당하지 않을 수 없었다.

『아시아의 등불』은 일진 광풍(一陣狂風)으로 말미암아 바야흐로 꺼지려는 찰나에 있었다. 『지금은 남의 땅―빼앗긴 들에도 봄은 오는가』 하고 나라를 빼앗긴 서러움을 시를 통해 토로할 수밖에 없는 안타까운 심정이었다.

들을 빼앗겨 봄조차 잃어버린 겨레의 가슴 속에 새봄을 맞이하기 위해 한국인은 一九四五년 여름까지 기다리지 않을 수 없었다.

자
유
에
의

염
원

Ⅲ 자유에의 염원

1 주어진 해방의 대가

일본의 압제(壓制)로부터 풀려 나와 굴욕의 암흑을 벗어난 一九四五년 八월 一五일, 우리 민족의 감격과 환희를 과연 어떤 말로 표현할 수 있을까?

비록 우리 스스로의 힘으로 쟁취한 광복은 아니었을지라도 끝내 자주민으로서의 긍지를 잃지 않았던 우리들로서 민족적 염원(民族的念願)이던 해방을 맞이하였다는 기쁨과 흥분은 문자 그대로 강렬하고도 폭발적인 것이었다.

더구나 오랜 문화적 전통을 자랑하는 국민으로서 동질의 문화권(文化圈) 안에서 오히려 앞섰던 문화의 교시자(敎示者)의 구실을 해 온 우리 나라가, 그 문

75

화의 혜택을 입어 온 일본에게 거꾸로 강압적인 지배를 받아야 했다는 참을 수 없는 민족적 치욕과 분노에 잠겨 있던 차에, 군국주의(軍國主義) 일본의 패망이 가져 온 이 「해방」이란 선물은 너무나도 벅찬 것이었다.

그것은 한 민족이 숱한 희생과 굴욕의 대가로서 정의를 되찾게 된 데 대한 거짓없는 환희의 표시였다.

그러나 불행히도 광복에 뒤따른 우리의 역사는 우리의 감격어린 해방감을 비웃듯이, 또 다시 모진 시련과 수난이 중첩된 뜻밖의 방향으로 엮어져 나가고 있었다.

즉 우리 앞에 기다리고 있는 것은, 재현(再現)된 민족 국가의 영광이 아니라 비극적인 국토의 분단과 공산주의의 위협이었다.

일본의 조기 격파(早期擊破) 등 전쟁 처리의 필요에서 그어진 三八선에 따르는 국토의 양분은 처음부터 통일을 막는 결정적 요인이 되었거니와, 한국을 분단 점령(分斷占領)한 미·소 양국의 정치적 대립은 모처럼 해방된 이 나라를 한낱 냉전(冷戰)의 제물로 만들어 버리기를 서슴지 않았다.

일본이 포츠담 선언(宣言)을 수락하기로 결정하자、조선 총독부는 종전(終戰)과 동시에 한국인에게 치안 유지의 책임을 넘기는 문제를 검토하고、그에 적합한 인물로서 여 운형(呂運亨)、안 재홍(安在鴻)、송 진우(宋鎭禹) 등을 지목하였고、이들은 곧 각계 인사를 규합하여 건국 준비 위원회(建國準備委員會)를 조직 발족하였다.

그러나 건준(建準)은 단순한 총독부의 협력 단체에 그치지 않고 주체성을 발휘하여 기구를 급속히 확대하고、학도대、치안대 등을 조직함으로써 점차로 일본 통치의 접수 세력(接受勢力)으로서의 태세 확립을 서둘렀다.

건준 조직은 당시의 항일 투쟁 세력을 모두 규합하여 보수(保守)와 혁신(革新)、우익(右翼)과 좌익(左翼)、온건(穩健)과 급진(急進)의 모든 세력이 한데 혼합된 것이었으나、그런 대로 각계 각층의 민족 지도 세력을 총집결하고 지식인과 학생을 포섭한 당시로서는 유일한 민족적 정치 기반이었다.

따라서 이 조직을 토대로 하여 국내 정치 지도자들이 보다 긴 안목(眼目)으로 접수 세력으로서의 모든 구실을 할 수 있도록 적극적인 조직력의 결속을 보였더라면, 한국의 전후 역사는 많이 달라졌을지도 모른다.

그러나 구성면에서 온 내분 요인(內紛要因)과 三八선 분단과 직결된 내외 정세는、 그 조직과 기능에 결정적인 제약을 가하게 되어 건준은 와해(瓦解)되고 말았다.

한편 우리 민족이 절대적인 기대를 걸었던 미군은 뒤늦게 九월 八일에야 인천에 상륙하고 다음 날 서울에 입성하였다.

그날 하오 미 제二四군단 사령관 하지 중장과 제七함대 사령관 킹케이드 제독이 일본측으로부터 항복을 접수함으로써、 三六년간 한국의 하늘을 위압하던 일장기(日章旗)는 내려졌다.

그러나 한국 통치에 대한 복안과 준비가 미흡했던 미군은 항복 문서(降伏文書) 제四、 제五조에 일본의 문무관은 연합군 사령관에 의해 면직되지 않는 한

현직에 유임하여 직무를 수행하도록 해 놓았다.

하지 중장은 군정을 실시하기로 방침을 결정하였으나, 이에 앞서 한 때 총독 통치의 연장안을 검토하였다는 것이다.

이 안은 한국민의 의사를 재빨리 파악한 총사령부의 압력으로 좌절되고 말았지만, 그는 총독 통치의 기존 질서와 행정 기구를 그대로 접수 운영하는 길을 택했던 것이다.

이러한 조처가 결정되었어도, 우리 국민들은 사전 준비가 부족했던 탓으로 속수무책일 수밖에 없었다.

그만큼 일본의 식민 통치(植民統治)는 우리를 반신불수의 몸으로 만들어 제구실을 하지 못하도록 묶어 놓고 있었던 것이다.

이와 같은 사태 추이(事態推移) 속에서 건준의 결속은 해이 분열되고 지도권 다툼이 격화되면서 좌절감에서 온 충격으로 보수, 온건파들이 점차 탈락해 나갔다.

79

건준에 결집되었던 지도 세력들이 흩어지기 시작하자, 국내 정치는 다원화(多元化)의 방향으로 흘러 갔고 좌우 양파(左右兩派)로 분립된 급진, 보수의 대립은 격화되고 정당, 정파의 난립이 날로 격심하여졌다.

집권당도 안정 세력도 없는 정치 현실에서 조선 총독부의 무질서하고 횡포한 철수 정책, 화폐 남발(貨幣濫發)로 인한 악성 인플레, 비축 물자(備蓄物資)의 횡류에 의한 시장 교란(市場攪亂), 요원의 이탈에 의한 행정 기능의 마비, 일인이 운영하던 생산 기업체의 시설 파괴와 조업 정지(操業停止)에 의한 경제적 혼란 등이 겹쳐짐으로써 극도의 사회 불안을 조성하였으며, 국토 분단의 충격은 그러한 추세에 더욱 박차를 가한 결과가 되었다.

한편 남한의 실정과는 달리, 북한(北韓)에 진주한 소련군은 즉각 항복한 일본군을 처리하고 그 행정권을 접수하여 군정을 실시하였는데, 그 절차와 운용 방식(運用方式)은 미군정과는 판이하였다.

소련군은 진주와 동시에 신속히 일본 세력을 제거한 다음 사회 질서의 진공 상태를 충전(充塡)하기 위하여 민족주의적 토착 세력(土着勢力)을 등용 혹은 포섭하는 일에 착수하였다.

당시 북한에는 공산주의의 기반이 없었으며, 해방과 더불어 각지에서 출옥한 소수의 공산주의자들도 제대로 훈련받은 자가 아니었는 데다가, 공산주의자를 자칭하고 나서는 자들은 대개가 따지고 보면 급진적 민족주의에 가까운 인사들이었다.

따라서 공산주의의 세력을 주체로 하는 사회주의 혁명(社會主義革命)을 일거에 성취하기에는 여건이 불비되었다고 판단한 소련군은, 편의상 좌우 합작(左右合作) 혹은 보수적 민족주의 세력을 앞세운 과도적 접수 체제(過渡的接受體制)를 강구했던 것 같다.

따라서 이북의 초기 접수 체제는 어디까지나 과도적 조처로서 사회주의의 조직 기반이 확고해짐에 따라 본격적인 혁명 수행을 예기한 사전 조처에 불과하였다.

一九四五년 一二월 중순까지에 북한에는 五개도를 통합한 공산당과 행정 기구의 이원적(二元的) 지배 체제가 확립되었고, 미구에 소련군은 그들 군대의 대위였던 김 일성(金日成)을 끌어들여 당책(黨責)에 앉히고, 다시 다음 해 二월에는 북조선 인민 위원장(北朝鮮人民委員長)에 취임케 함으로써, 북한판 스탈린 체제를 이룩하기 위한 기초 작업을 마쳤다.

정치 혼란과 국토 분단에 지친 남한의 민심은, 이 승만(李承晩) 박사와 대한민국 임시 정부(大韓民國臨時政府)의 환국에 한 가닥의 희망을 걸게 되었다.

그것은 막막한 현실에서 일종의 기적을 갈망하는 심정과도 같은 것이었다.

김 구(金九) 이하 一五명의 임정 요인(臨政要人)은 一一월에 민중들의 환호 속에 귀국하였다.

그러나 민중의 기대와는 달리 미군정은 그들의 환국을 어디까지나 「개인 자격」에서라고 규정하였다.

이러한 결정은 미국이 한국의 임시 정부를 적법 정권(適法政權)으로 인정하지

82

앉았고、이를 전후 처리의 협의 대상으로 인정하지 않겠다는 방침에 연유한 듯하다。

그리고 어쩌면 남북을 통틀어 단일 정치 세력(單一政治勢力)을 형성해 보자는 희망을 내심에 품고 있었기 때문이었는지도 모른다。

三八선이 미국의 당초 의도와는 달리 장벽화되어 감에 따라 하지 중장은 소련군 사령관 치스차코프에게 서울에서 정치 회담을 개최하자고 제의하였다。

그러나 치스차코프는 『통일 문제(統一問題)는 미·소 양국의 정부가 해결할 문제』라는 명분을 내세워 이를 거절하였다。三八선은 점령군의 현지 협정으로 해결될 문제가 아니라는 것이다。

미국은 三八선 문제로 골치를 앓게 되고 어떠한 해결책을 강구하지 않을 수 없게 되었다。

그 해 一二월에 개최된 모스크바 외상 회의(外相會議)는、번즈 미 국무 장관의 제의에 의하여 한국에 대한 五개년 계획의 신탁 통치안(信託統治案)을 심의

83

하였다.

이 회의는 몰로토프 외상이 제의한 한국의 임시 정부 수립을 위한 미·소 공동 위원회(美蘇共同委員會)의 설치 규정(設置規定)을 포함한 四개 조항의 협의를 보았는데, 그 결론은 한 마디로, 미국이 제기한 「한국에 대한 신탁 통치」였던 것이다.

「신탁 통치」의 외신 보도가 전해지자 한국민은 일제히 반탁(反託)을 외치면서 총궐기하였다.

一九四五년의 막을 내리는 一二월 三一일 민중은 좌우익을 가릴 것 없이 저마다 앞을 다투어 탁치 반대(託治反對)의 일대 시위 운동 대열 속에 뛰어 들었다.

그것은 민족적 공감 위에 결속된 거족적 시위 운동(擧族的示威運動)이었으며, 자주 자립의 단호한 결의가 집약된 민족적 분노의 발산이었다.

그런데 며칠도 안 되어 천만 뜻밖에도 공산당 계열은 태도를 표변하여, 모스크바 협정의 지지를 표명하고 나섰다.

그 배후에는 소련으로부터의 비밀 지령(秘密指令)이 있었었다고 한다.

소위 「중앙 인민 위원회」는 그들의 숨어 있는 정치적 의도를 계산하면서 탁치 결정에 대한 감사의 메시지를 발송하였다.

이로부터 반탁(反託)이냐 찬탁(贊託)이냐의 문제는 단순한 정치 문제에 그치지 아니하고 사상의 대립과, 민족 분열(民族分裂)의 결정적 요인이 되고 말았다.

모스크바 협정에 의하여 一九四六년과 一九四七년 三월에 개최된 제一차 미·소 공동 위원회는 「의사 표시의 자유」를 강조한 미국과 「반동적 요소의 배제」를 고집한 소련측의 주장이 정면으로 대립하여 진전을 볼 수 없었다.

미국측은 탁치 반대를 표방한 정당 단체도 공위(共委)의 협의 대상이 될 수 있다는 입장을 내세웠으나, 소련측은 모스크바 협정을 지지하고 신탁 통치에 동의하는 정당 단체(政黨團體)、 즉 민족 통일 민주 전선(民族統一民主戰線)의 좌익 세력만이 협의 대상이 될 수 있다는 것을 주장하고 나섰다.

그러한 소련측 입장은 『한국이 소련을 공격하기 위한 거점이 될 수 없으며, 소련에 대하여 우호적인 국가가 될 것』을 강조한 슈티코프의 성명에 나타나 있듯이, 소련이 한반도에서 노리고 있는 것이 무엇인가를 단적으로 표현한 것이었다.

양차의 미・소 공동 위원회가 사실상 결렬될 무렵, 로메트 미 국무 장관 서리가 몰로토프 외상에 대한 각서에서 유우엔 감시하의 남북한 총선거(南北韓總選擧)로써 인구 비례제(人口比例制)에 의한 통한 정부(統韓政府)를 수립할 것을 제의하였으나, 소련의 찬동을 얻지 못하였고, 마아샬 장관이 한국 문제를 유우엔에 제기하자 소련 대표 그로미코는 『강대국간에 처리 방안에 합의를 본 전쟁 결과의 문제를 총회에 부의하는 것은 불법적』이라고 유우엔 헌장(憲章) 제一〇七조를 들고서 반대하였다.

표결 결과 한국 문제가 의제로 채택되자, 소련은 『一九四八년 초에 한국으로부터 미・소 양군이 동시에 철수하자』는 철군 공세(撤軍攻勢)를 전개하기에 이르렀다.

소련의 동시 철군안(撤軍案)은 그 당시 북한의 특수 사정을 잘 모르는 사람들에게는 일견 민족자결주의(民族自決主義)와 통하는 듯 보였을는지 모르나, 사실 소련은 이미 북한에 김일성을 중심으로 한 체제 정비를 완료하고 있는 터이었으므로, 그것은 미군이 철수한 뒤에 필연적으로 발생할 남한의 진공상태를 일거에 석권해 버리려는 책략(策略) 이외의 아무 것도 아니었음을 알아야 할 것이다.

미국 대표가 『유우엔 위원단의 감시하에 一九四八년 三월 三一일까지에 지역별로 각 점령군에 의한 선거의 실시 및 인구 비례에 의한 남북한 대표제』 등을 규정한 결의안을 제출하자, 소련 대표는 『남북한 대표를 한국 문제 토의에 초청할 것』과 「양군 동시 철수안(兩軍同時撤收案)」을 제출하였다.

그런데 남북한의 대표를 어떻게 인정하느냐의 문제가 명확하지 않았으므로 미국측은 『선출된 한국인 대표를 한국 문제의 심의에 참가하도록 초청할 것』과

87

그러한 대표를 선출하기 위한 선거를 감시하기 위한 「유우엔 한국 감시 위원단(韓國監視委員團)」을 설치하자는 수정안(修正案)을 제출하여 소련안을 물리치고 가결을 보았다.

그리하여 한국 문제는 소련의 반대를 물리치고 총회의 결의로써 유우엔의 주요 과제로 확정되었고、한국 통일(韓國統一)을 위한 총선거의 실시는 눈앞에 박두한 듯이 보였다.

「유우엔 한국 감시 위원단」은 一九四八년 초부터 한국에서 활동을 개시하였으나、소련군이 협조를 거부함으로써 남북한의 총선거 실시는 불가능하게 되어 소위원회(小委員會)의 결의에 따라 가능한 지역에서의 선거를 실시하게 되었다. 소련이 협조를 거부한 것은 당시 북한의 실정으로 보아 유우엔의 결의에 의한 총선거를 실시할 경우 소련 군정 엄호하의 공산 체제(共産體制)가 와해되리라는 것을 그들 스스로가 너무나도 잘 알고 있었기 때문이다.

一九四八년 五월 一〇일 한국 초유의 총선거는 좌익계(左翼系)의 방해를 무럽쓰고 순조롭게 진행되어, 예상대로 이 승만 박사 지지 세력(支持勢力)의 압승으로 끝을 맺었다.

일부 민족주의(民族主義) 지도자들 중에는 남한만의 총선거가 시기상조라 하여 냉담하게 관심을 보이지 않는 자도 없지 않았으나, 투표는 유우엔 감시 위원단의 감시하에 민주적으로 실시되어 등록한 유권자의 九五・五%가 투표장에 나갔다.

국민들은 하루라도 빨리 어떤 형태든 간에 주권 국가의 확립을 보고 싶었던 것이다.

역사적인 발족을 한 국회는 이 승만 박사를 의장으로 선출하여 「한반도와 인접 도서(隣接島嶼)를 영역(領域)으로 규정한 대한 민국 헌법을 선포한 다음 이 박사를 대통령으로 선출하고 八월 一五일에는 정부 수립이 완료되었다.

한편 이북(以北)에서는 소련 군정하에 공산 정권의 수립이 촉진되었다. 소련의 지시 아래 인민 위원회(人民委員會)가 헌법을 공포하고 최고 인민 회의 대의원 선거가 단일 입후보의 가부투표 형식으로 실시되었으며, 九월 七일에는 김 일성을 괴수로 하는 소위 「조선 인민 공화국(朝鮮人民共和國)」이 발족하였다.

제三차 유우엔 총회는 한국 대표를 정치 위원회의 토의에 초청하자는 유우엔 감시 위원단의 보고서를 심의하게 되어 『위원단이 감시와 협의를 할 수 있었던 지역에 대하여 유효한 지배권과 관할권(管轄權)을 갖는 합법 정부(合法政府)가 수립되었으며……또한 동 정부는 한국에서 유일한 합법 정부임을 선언하고……점령군이 가능한 한 조속히 철수해야 하며, 기존 위원단과 대체로 동일한 범위의 항구적 유우엔 한국 위원단을 설치할 것을 권고』하는 결의안(決議案)을 채택하였다.

동 결의안의 채택에 뒤이어, 미국은 一九四九년 一월 一일자로 대한 민국을 정식 승인하고 三七개국이 뒤를 이어 동조하였다.

유우엔 총회가 한국 문제를 심의하기도 전에 미국은 한국에서 철병(撤兵)을

90

개시하였다。 대한 민국의 안보(安保)에 위협을 느낀 이 승만 대통령은 『공산군

의 침략에 맞설 수 있는 한국군의 준비가 완료되기 전에 미군이 철수하는 것은

한국의 철저한 불행을 초래할 것』이라고 호소하였으나、 미국의 반응(反應)은

냉담하였으며、 철수 계획(撤收計畵)은 변동 없이 실시되어 다음 해 六월 말 경

에 불과 五백 명 정도의 군사 고문단(軍事顧問團)을 남겨 놓았을 뿐 철수가

거의 완료되었다。

그 동안 한국군에게는 一억 一천만불에 해당하는 경무기(輕武器)가 인도되었

을 뿐이다。

미약한 한국군을 그대로 두고 미군이 철수를 강행할 경우에 야기될 사태는

뻔히 내다보이는 것이었다。

그러나 선거에 압승한 당시의 집권층은 국내 지도자들간의 불화(不和)와 파

벌(派閥) 다툼의 틈바구니에서 우왕좌왕한 채 오로지 유우엔 결의에만 의존하

고 있었을 뿐、 눈앞에 박두한 민족의 수난(受難)을 예견할 식견과 이에 대처

할 경륜(經綸)을 갖지 못하고 있었다.

이는 또 하나의 민족적 시련의 불씨였으며 가능했던 일대 약진의 기회를 스스로 저버리는 어리석은 과오의 근원이었다. 미군정(美軍政)의 종결과 정부 수립, 그리고 三七개국의 승인이라는 국가적 영예에 세인(世人)이 도취되고 있을 때 참화의 싹은 이미 트고 있었던 것이다.

2 신념의 승리

북한에서는 김 일성을 괴수로 하는 괴뢰 정권(傀儡政權)이 수립되면서 남침 준비가 본격적으로 추진되고 있었다.

一九四九년 초에는 김 일성이 대표단을 인솔하고 모스크바를 방문하여 一개월간 체류하면서 군원(軍援)에 관한 비밀 협정(秘密協定)을 체결하여 소련으로부터 六개 보병 사단과 三개 기갑 사단을 편성하는 데 필요한 장비의 추가 지원과 전투기 一백대를 포함한 一五○대의 일반 항공기 제공을 보장받았다.

또한 소련의 주선으로 중공과 상호 방위 협정(相互防衛協定)을 체결하고, 만주와 중국 본토에 주둔하는 「조선인 부대(朝鮮人部隊)」를 북괴의 관할하에 이관하는 데 합의를 보았고, 그 밖에 중공군(中共軍)에 속하고 있던 상당수의 「조선인」 병력이 一九五○년 三월까지 입북(入北)을 완료하였다.

이 때 북한에는 이미 二○만을 헤아리는 전투 병력이 편성되어 있었고, 남침(南侵)의 주력 부대였던 탱크 사단과 기갑 부대가 편성을 완료하고 있었다. 북괴의 남침 준비는 장기간에 걸쳐서 진행되었음에도 불구하고 그 계획은 철저하게 은폐되었다.

六월 七일에는 소위 「조국 통일 민주주의 전선 확대 중앙 위원회」에서 「평화 통일 호소문(平和統一呼訴文)」을 채택하여 『통일 최고 입법 기관을 설립하기 위하여 八월 五일부터 八일 사이에 총선거를 실시할 것』과 『선출된 최고 입법 기

93

관의 회의를 八월 一五일에 서울에서 소집할 것』과 『남북 조선의 전정당 사회 단체 대표자 협의회를 三八도선 연선의 해주시나 개성시의 어느 한 곳에서 六월 一五일부터 一七일에 걸쳐서 소집하자』고 제의한 것은 가증(可憎)할 만한 위장 평화 공세(僞裝平和攻勢)였다.

一九五〇년 六월 二五일 새벽 북한 공산군은 소련과 중공의 지원을 얻어 三八선의 전역에서 압도적으로 우세한 병력으로 물밀 듯이 쳐내려 왔다.

보잘 것 없는 열세의 한국군이 적의 중화기와 탱크의 위력 앞에 소총과 육박전으로 응전하는 가운데 전선은 총 붕괴(崩壞)되고 퇴각하는 한국군은 마치 파도에 밀리는 조각배와도 같았다.

그러나 다행히 트루만 미국 대통령의 신속하고도 단호한 결정으로 한국 사태는 유우엔 안보 이사회(安保理事會)에 긴급 상정되었다.

안보리(安保理)는 침략자에 대한 정전 및 철수 권고안과 유우엔 가맹국에게 한국에 대한 침략을 제거하고, 평화와 안전을 확보하기 위한 원조 제공을 권고

94

하는 결의안(決議案) 및 미군이 지휘하는 유우엔군의 설치안(設置案) 등을 지체없이 가결하였다.

동시에 트루만 대통령은 맥아더 장군에게 미군의 즉각 개입을 명령하였다. 그리고 뒤이어 유우엔의 결의에 따라 一六개국의 우방 국가(友邦國家)들이 우리 나라에 자진해서 파병해 주었다.

공산군의 강력한 공세로 유우엔군과 한국군은 부산 교두보까지 압축되었으나 九월에 들어서 유우엔군의 총반격이 개시되고, 한·미 합동의 인천 상륙 작전이 성공함으로써 적은 궤멸(潰滅)되고 서울은 수복되었다.

한국군의 三八선 돌파에 뒤이어 유우엔 총회에서 통한 결의안(統韓決議案)이 가결됨과 동시에 유우엔군도 북진(北進)을 개시하게 되니, 남북 통일(南北統一)의 숙원은 미구에 달성되는 듯이 보였다.

한반도의 정세를 주시한 스탈린은 모 택동(毛澤東)에게 특사를 보내어 중공이 원군(援軍)을 파견하면 소련은 무기를 공급하겠다고 제의하였고, 九월 초에

95

는 북괴가 사절단을 중공에 파견하여 지원을 호소하였다.

당시 미국 연합 참모부가 맥아더 사령관에게 시달한 명령은 소련과 중공이 개입할 염려가 없으면 북진하라는 조건부의 것이었다는 점으로 보아, 미국은 처음부터 한국 문제를 두고 소련, 중공과 군사적 대결(軍事的對決)을 시도할 의사는 없었던 것 같다.

공산측의 동향이 심상치 않음을 간파(看破)한 트루만 대통령이 웨이크섬 회견에서 맥아더 장군에게 중공의 개입 여부를 따졌을 때, 맥아더는 중공이 개입하지 않을 것이라고 확답을 하였다. 그러나 중공군은 그 전날 이미 북한에 투입되고 있었던 것이다.

압록강과 두만강 강변까지 진격했던 유우엔군은 중공군의 대량 침입으로 부득이 전열을 재정비하지 않을 수 없었으며, 유우엔은 중공을 침략자로 규정하였으나, 만주 폭격(滿洲爆擊)과 해안 봉쇄(海岸封鎖) 등 중공에 대한 응징(膺懲)을 주장한 맥아더 장군이 해임됨으로써, 한국 전쟁은 점차로 교착 상태(膠着

96

狀態)로 들어갔다.

한국 전쟁은 일진 일퇴의 치열한 전투를 계속하는 가운데 一九五一년 六월 말 리크의 제의를 계기로 휴전 교섭(休戰交涉)의 단계로 들어갔다.

때마침 대통령 선거를 눈 앞에 둔 미국에서는 한국 전쟁의 처리 문제가 정치 문제화됨으로써 한국 전쟁에서 점유하는 유리한 군사적, 정치적 여건을 도외시하면서까지 미국은 휴전 타결(休戰妥結)을 서두르는 듯한 인상을 한국인에게 주었다.

일단 휴전이 성립되면 공산주의를 한반도에서 몰아내고 국토를 통일할 수 있는 기회를 영원히 상실하게 될는지도 모른다고 생각한 한국인은 미국의 근시안적이고 졸속(拙速)한 휴전 교섭을 반대하고 나섰다.

이 승만 대통령은 그러한 상황하에서 각처에 분산 수용 중인 반공 포로(反共捕虜)의 석방을 단행하였다.

이 때 휴전 교섭은 거의 조인 단계(調印段階)에 있었었던 것인데, 유우엔군의

관할하에 억류 중인 반공 포로를 한국 정부가 독자적으로 석방한 것은 미국

에게 크나큰 충격이 아닐 수 없었다.

당황한 아이젠하워 대통령이 『한국에서 미군이 철수하면 어떻게 할 셈이

냐』고 따졌을 때, 주미 한국 대사 양 유찬(梁裕燦) 박사가 『우리가 죽으면 되

지 않느냐』고 응수하였던 것도 그 때의 일화(逸話) 중의 하나이다.

결국 미국은 한국을 설득할 수밖에 없었다.

그리하여 한·미 양국은 공동 보조를 위한 협의를 거듭한 끝에, 한국의 휴전

협정 동의, 한·미 상호 방위 조약(韓美相互防衛條約) 체결, 한국군 二〇개 사

단의 증강과 소요 장비의 제공, 그리고 전후 복구(戰後復舊)를 위한 경제 원

조의 제공 등에 합의를 보게 되었다.

六·二五 동란은 한국인에게는 미증유의 시련이요 고난이었다.

三년 유여의 전란 중에 적이 입은 인명 손실(人命損失)은 一一九만명이 넘었

으나, 한국군과 유우엔군의 인명 피해도 각각 二二만二천여 명과 七만 五천

여 명에 달하였고, 민간인의 사상(死傷)과 실종자수가 七〇만명이었으며, 전국의 이재민은 무려 三六二만여 명을 넘어선 것이었다.

미국을 포함한 一六개국이 자유와 평화를 수호하기 위하여 유우엔의 깃발 아래 같이 싸우면서 많은 목숨을 잃었으며, 또 다른 二〇여 국이 물질적, 정신적으로 한국을 도와 주었다.

동란 속에서 한국은 갖은 고난을 이겨 냄으로써 자유의 존귀함을 되새김과 아울러 세계 속의 한국이라는 긍지(矜持)를 새로 다짐할 수 있었다.

해방에서 六·二五 동란에 이르는 파란 많은 기간에 한국 민족은 비록 많은 시행 착오(試行錯誤)를 거듭하였지만, 모든 시련과 고난을 극복하는 데 결코 무력하지 않았다.

一九五〇년 이전의 정치적 혼란과 一九五〇년 이후의 전란의 파괴 속에서 우리 민족은 응분의 분별과 이성을 잃지 않은 현명함을 간직할 수 있었다. 五〇년대의 공백을 메우기 위한 그 뒤의 과업이 매우 벅찬 것이긴 했으나,

99

사상 미증유인 한국 동란(韓國動亂)의 참상 속에서의 한국인의 역경(逆境)을 견디어 내는 인내력과、 도전(挑戰)에 응하는 투지는 내일의 건설을 위한 귀중한 자본이 되었던 것이다。

우리 민족의 끈질긴 투지는 공산주의자와의 대결에서 가장 잘 나타나 있다。

해방 직후부터 공산주의의 자들은 그들이 능사(能事)로 삼는 조직(組織)과 선동(煽動)、 그리고 파괴 공작 등을 통해서 한국을 자기네 손아귀에 넣으려는 음모에 몰두하여 왔다。

조직적으로 그리고 무자비하게 일을 진행시키는 그들의 흉계(凶計)대로 되었더라면 한국은 쉽사리 공산주의자들의 손아귀에 들어가 버렸을 것이다。

그러나 일단 그들의 술책을 알아차린 민중의 저항은 집요(執拗)했고 해가 갈수록 자유에의 의지는 강렬해지기만 하였다。

지정학적(地政學的)으로 불안정하고 언제나 외세의 침략 가능성에 경계를 게을리하지 않는 습성을 터득한 한국 민족은 오히려 우리가 약소(弱小)하다고

100

느끼기 때문에、 끈기있는 저항의 잠재적 능력(潛在的能力)을 항상 비축(備蓄)하고 있었던 것이다.

이것이 그 큰 시련을 이겨 내게 한 것이다.

六・二五 동란은 동족 상잔(同族相殘)의 끔찍한 참변이었고、 그것이 한국민에게 준 타격은 상상을 못할 정도로 심각한 것이었지만、 이 수난의 기간을 통해 우리는 공산주의 침략자의 무자비한 손길을 뼈저리게 느끼게 되었다.

백 마디의 이론적 설득보다 우리가 체험한 한 가지 사실이 우리로 하여금 철저한 반공주의자가 되게 하였다.

우리의 적이 누구였으며 그 정체가 무엇이었는가를 우리는 명확하게 인식하였다. 전통적으로 평화를 애호하는 한국 민족이었지만、 힘의 배경이 없는 「평화 공존(平和共存)」이 실현성 없는 공념불(空念佛)임을 이 때 절실하게 깨닫게 되었다.

단일 민족의 국가가 분단된 채 휴전으로 매듭지어진 六・二五 동란은 우리에

게 승리도 패배도 가져 오지 않았고、 남긴 것이 있었다면 우심(尤甚)한 파괴

로 얼룩진 혼적(痕跡)뿐이었지만、 그러나 그것은 공산 독재에 대한 투쟁의 신

념과 민주주의에 대한 궁극적 신념으로 우리를 무장시킬 수 있었다。

동란의 쓰라린 경험을 통해 자유와 평화는 그것을 위해 투쟁하고、 그것을 지

킬 수 있는 힘을 가진 자만이 누릴 수 있는 것임을 뼈저리게 터득한 것이다。

六·二五 동란은 우리에게 반공 민주주의(反共民主主義)의 진의(眞意)를 파

악케 하고 진정한 평화와 정의를 구현할 수 있기 위해서는 우리의 주체적 역

량(主體的力量)의 배양이 시급함을 깨우쳐 준 귀중한 교훈이었다。

혼란과 고난 속에서도 전진을 위해서 교훈을 배우는 민족만이 장래의 결실을

약속받을 수 있는 것이다。

六·二五 동란의 후유증(後遺症)은 매우 심각한 것이기는 했으나 그렇다고

치명적인 것은 아니었다。 전쟁으로 해서 자유 우방과의 국제적 이해(國際的理

解)가 증진되었다는 사실은 불행한 가운데서도 커다란 성과가 아닐 수 없다。

전란의 상처로 인하여 헐벗고 굶주린 몇 해를 견디어야 했고, 폐허로 화해 버린 도시와 농촌의 비참한 모습 앞에 망연자실(茫然自失)했던 우리들로서는, 우방 국가들의 정성어린 원조에 의지하지 않을 수 없었다.

자유민주주의를 위해 생사를 함께 하며 맺어진 우정의 유대(紐帶)는 섭사리 허물어질 수 없는 것으로 우방 국가들의 따뜻한 손길은 우리의 희망을 되살려 주는 원천(源泉)이 되었다.

모든 한국인이 각기 자기 나름대로의 六·二五의 쓰라린 상처의 추억을 간직하고 있듯이, 숱한 젊음을 한국 산야에 바치고 간 혈맹 우방(血盟友邦)의 가족들도 그들대로의 추억을 되새길 것이다.

그러나 자유와 평화라는 동일한 이상 아래 뭉쳐 전쟁의 피를 함께 내쏟았던 당시의 추억을 의미있는 것으로 하기 위한 최선의 길은, 지난 날의 잘못된 역사의 전철(前轍)을 다시금 되풀이하지 않는 일이다.

그 때의 교훈을 오늘의 현실에 살리기 위해서는 오늘날 또 다시 대두(擡頭)한

103

공산주의 침략자들의 도발(挑發)을 미연에 방지할 수 있는 힘과 용기와 의지를 기르는 일이 있을 뿐이다.

이 길을 택하지 않고 역사의 악순환(惡循環)을 좌시(坐視)만 하고 있다면, 그 처참한 전쟁을 겪어 내고 모진 고난을 참고 견뎌 낸 보람도 하루 아침에 허망한 잿더미로 변하고 말 것이다.

우리는 공산주의 전쟁 도발자(戰爭挑發者)에 대해 도덕적 교훈을 주는 아량과 아울러 그들에게 다시는 망동(妄動)하지 못하도록 경종을 울려 주는 힘의 배양에 진력함으로써, 민족의 사활을 걸고 자유 수호의 대의에 바쳤던 그 숱한 죽음의 의의를 보상해 주어야 하는 것이다.

해방 후의 정체(停滯)와 六·二五 동란의 파괴는 우리의 역사를 적어도 二○년은 후퇴시켰다.

가뜩이나 빈약하던 민족적 기반은 수년간의 혼란 속에서 제자리걸음을 하다가 三년간의 전란의 소용돌이 속에서 송두리째 부서지고 말았다.

뿐만 아니라 一九四八년에 실시된 토지 개혁(土地改革)과 동란 중의 혼란 및

인플레 등은 한국의 전통 사회(傳統社會)를 대표하던 구지주 계층(舊地主階層)

의 몰락을 가져 왔고, 이에 더하여 생활 기반을 상실한 수백 만의 전쟁 피난민

이 전세 변동(戰勢變動)에 따라 생활의 방편을 찾아서 이동하는 동안에 기존

사회(旣存社會)의 질서와 계층 구조는 대폭 변질되어 버렸다.

이러한 여건 속에 놓인 우리 정부나 민간은 마치 영양 실조에 걸린 환자와

도 같았다. 무엇을 하려 해도 마음은 있으나 몸이 말을 안 듣는 격이었다.

오직 전후 복구를 위하여 제공되는 외국 원조에 모든 기대를 걸고 있었다는

것이 동란 직후의 우리의 거짓없는 실정이었다고 하겠다.

이렇듯 희망이라고는 엿볼 수도 없는 어두운 형편 속에서 우리가 해야 할 일

이 무엇일까?

그것은 훗날을 위하여 준비하는 것이다.

외적 여건(外的與件)이 성숙되어 무엇인가 우리들이 자주적으로 해 나갈 수

105

있게 될 때를 대비하여 내재적 역량(內在的 力量)의 충실을 기하는 교육이야말로 이런 시기에 정열과 의욕을 쏟아서 추진해 나가야 할 중요한 과업이라고 할 수 있을 것이다.

이 점 우리들이 당시에 근대화를 위한 장기적 대책(長期的 對策)으로서의 교육의 가치를 인식하고 있었건 못하고 있었건 간에, 이에 크게 주력하였다는 것은 대단히 현명한 일이었다.

우리 민족의 교육에 대한 열의는 다른 어느 민족의 그것보다도 특이한 데가 있다.

개화기의 우리 선각자들이 『배우는 것이 힘』이라는 슬로우건을 내걸고 신문화 운동(新文化運動)、 신교육 운동(新敎育運動)을 전개했을 때부터 우리의 교육은 일종의 구국 운동(救國運動)과 같은 성격을 띠어 왔던 전통 때문에, 우리 민족은 어려움을 당할수록 조국의 명운(命運)을 다음 세대에 거는 『미래의 열쇠』로서의 교육이라는 이미지를 잠재 의식으로 간직하고 있었는지도 모른다.

특히 동란 후의 우리 국민들의 교육열은 전란의 체험 속에서 자란 강렬한 민주주의 의식과 주체적 역량 배양에 대한 의지가 이에 곁들여 대단히 뜨거운 것이었다.

우후죽순(雨後竹筍)이라는 말 그대로 전국 곳곳에 대학, 중고등 학교가 설립되어, 그 양적 팽창은 경제 성장률(經濟成長率)을 몇 배나 앞지르는 것으로, 경제 여건과의 균형을 크게 상실할 정도로 급속한 것이었다.

물론 여기에는 여러 가지 난관이 뒤따랐다. 전란으로 대부분 파괴된 건물의 복구도 힘에 겨운 일이었거니와, 급속도로 필요해진 시설의 확충도 용이한 일이 아니었다.

만약에 그 당시 우리가 전쟁에 시달리고 생존의 한계선에 선 자포자기(自暴自棄)한 심정에서 내일에의 희망을 잃은 채 다음 세대의 기대마저도 포기해 버렸더라면, 결과는 비참하기 짝이 없었으리라.

더우기 신생국의 근대화가 경제 개발(經濟開發)과 더불어 교육 발전(敎育發

展)을 병행시켜야만 이루어진다는 다른 나라의 선례(先例)를 감안한다면、五〇년대의 우리의 교육의 성과없이 六〇년대의 급격한 비약이 과연 가능했었겠는가 하는 것을 다시 한 번 생각하게 된다.

3 자유는 멀다

六·二五 동란을 겪은 후 자유당 정부(自由黨政府)는 그들이 전쟁을 효과적으로 수행한 공적에 비해 전후 처리 과정에 있어서는 실패만을 거듭했다. 휴전 후의 파괴된 국토의 부흥과 민족의 안정을 도모하기 위한 국가 재건사업(國家再建事業)이 절실히 요구되었음에도 불구하고、이 정권(李政權)은 이 분야에 대한 자주적 노력이나 의욕을 거의 보이지 않았다.

한국의 전후 부흥은 주로 미국의 상호 안전 보장법(相互安全保障法·MSA)

에 의한 원조에 힘입은 것이었으며, 一九五七, 一九五八년 경에는 一차적인 전

재 복구는 우선 완료할 단계에 들어섰다. 이에 따라 미국 원조는 一九五七년의

五억 五四○만불을 최고로 해마다 체감되었으며, 一九五八년부터는 시설 투자

원조가 개발 차관 기금(開發借款基金·DLF)의 차관으로 전환됨으로써, 전후

외원에 대한 의존도가 높아지기만 한 한국 경제에 커다란 충격을 주게 되었다.

DLF 차관으로 이전되기 이전에도 대외 활동 본부(對外活動本部·FOA),

국제 협조처(國際協調處·ICA) 원조는 소비재 혹은 원자재 원조가 대종(大

宗)을 이루어, 한국이 절실히 요망한 시설재의 도입 실적은 一九五四~五七년

사이에 七천 五백만~九천 五백만불에 불과했고, 一九五八년도에는 三천만불대

로 격감되는 실정이었다. 이 밖에 미공법 四八○에 의한 잉여 농산물의 원조가

대량으로 도입되었으나, 그 판매 대전은 주로 국방비의 재원으로 충당되었다.

때마침 미·소 관계가 평화 공존(平和共存)의 방향으로 호전되면서 대외 전

략과 외원 정책이 크게 변동됨에 따라서, 그간 아무런 자주적 태세도 마련하지

못하였던 우리 나라는 황무지 속에서 맨주먹으로 「자립(自立)의 촉구(促求)」라는 엄청난 과제를 걸머지게 되었다.

그런데도 불구하고 정부는 대세의 흐름을 파악치 못하고 외국의 원조를 보다 많이 얻어 올 것에만 혈안이 되고, 그것을 활용하여 우리의 국민 생산의 기반을 공고히 하고 자립적인 경제 발전을 기대하는 생산적인 정책을 실천하는 것을 소홀히 하였다.

한편 우리의 급격한 인구 성장으로 노동력의 공급원은 날로 격증하고 있었으며, 새로이 교육받은 젊은 대학 졸업자의 수는 나날이 불어만 가고 있었다. 당시의 빈약한 경제 사정으로는 그들을 흡수할 수 있는 충분한 직장이 없었으며, 이른바 고등 실업자의 누증(累增)은 현실에 대한 욕구 불만(欲求不滿)과 사회 불안(社會不安)을 한층 더하게 만들었다.

이에 더하여 전후 복구 사업이 진행되면서 부흥 경기를 독점하게 된 소수의 특수 계층이 형성되었고, 그들 가운데 공덕(公德)과 상도(商道)를 외면하고 관권과 결탁하여 사회 질서를 문란케 하는 등, 몰지각한 행동을 일삼는 자가 적지 않았다.

전쟁의 참화가 빚어 낸 허무주의와 원조 물자가 안고 온 사치성 물욕주의(物慾主義)가 사람의 마음을 오도(誤導)하여 사회 기강과 윤리 도덕의 타락이 극심하기 짝이 없었다.

전쟁의 참화가 어느 정도 가셔지면서 국민들은 나라를 올바르게 이끌어 나갈 지도자를 갈망하게 되었고, 공명정대하게 일해 나갈 정치 세력(政治勢力)을 기대하게 되었다.

자유당 정권은 반공 투쟁을 통하여 통합된 국민 의식을, 강력한 지도력을 발휘하여 근대화 운동으로 집중시키는 현명을 지녔어야 했다. 그러나 한국은 새로운 변화를 갈망하고 있었다. 「권위(權威)」와 「명분(名分)」만으로는 침체한 현실을 타개할 수 없었을 뿐더러, 급변하는 현실에서 날로 각성하고 있는 국민을 이끌어 나아갈 수 없게 된 것이다.

111

시련과 고난 속에서 성장하면서 단련된 국민의 의욕과 저력(底力)을 「새 술은 새 부대」에 담듯이 흡수하여 국가 발전의 원동력으로 전환할 수 있는 「민족의 여명(黎明)」이 고대되고 있었다.

이 당시의 지식인의 활약은 실로 눈부신 것이었다.

특히 언론인들은 일제하의 애국 지사적(愛國志士的) 사명감을 발휘하여, 온갖 부정과 불의를 들추어 내고 정권의 부패상을 규탄하면서 국민의 마음 속 깊이 정권에의 증오감과 반항 의식(反抗意識)을 고취시켰다.

자유의 고귀함과 민주주의가 우리의 궁극적 목표임을 알고 있었던 젊은 학생들은 그들의 피끓는 정열을 민족 대의(民族大義)를 위하여 바칠 수 있는 각오가 단단히 되어 있었다.

우리들의 선조들이 목숨 바쳐 거사한 三·一운동과 六·一○ 만세 운동, 광주 학생 사건(光州學生事件) 등을 계기로 한 전국적인 학생 항일 시위 운동에서 교훈을 얻고 있는 학생들로서는 무엇이 정의이며 불의에 대해선 어떻게 해야 하는가를 똑똑히 알고 있었다.

一九六○년 봄에 자행된 이른바 三·一五 부정 선거(不正選擧)는 이러한 학생들의 애국심에 불을 지르는 직접적 계기가 되었다.

선거 당일인 一五일에 마산(馬山)에서 부정 선거에 항거(抗拒)하는 시민과 학생들의 데모가 있었는데, 경찰은 이들에게 발포(發砲)하여 많은 사상자를 내었다.

四월 一九일에는 전 서울 학생과 지방 학생들까지 궐기하여 민주주의 사수와 이 정권(李政權)의 타도를 외치며 시가를 누볐다.

데모 행렬의 일대가 대통령 관저에까지 몰려 가자 경찰은 발포하여 많은 젊은 학생들이 쓰러지는 참극을 빚어 냈다.

四월 二五일에는 대학 교수단(大學敎授團)의 데모가 벌어지고, 이에 호응한 학생과 시민의 물결은 서울의 온 시가를 메워 버렸다.

이 때 계엄령(戒嚴令)으로 출동 중인 우리의 군대는 오히려 침묵으로 학생

과 시민을 두둔하는 움직임을 보이게 되자, 대통령 이 승만 박사도 끝내 하야

(下野)를 결심하게 되었다. 이것이 四・一九 의거(義擧)이다.

四・一九 의거는 이 나라의 정치적 위기(政治的危機)를 극복하기 위한 민중

의 자연 발생적 운동이었다.

그것은 생명을 걸고 궐기한 학생들의 순진한 정의감의 발로이며, 부정 불의

(不正不義)에 항거하는 민족 정기의 표현이었다.

四・一九는 진정 민족의 불행한 운명을 극복하고 국민의 권리가 보장되고,

국민의 민생(民生)을 우선적으로 생각하는 참된 정치를 요구하는 일대 민권 운

동(一大民權運動)이었다.

우리 나라에서는 늘 민권 의식(民權意識)과 민족 의식(民族意識)은 불가분의

관계에 있어서 민권 옹호의 불길은 언제든지 민족 수호의 불길과 같이 일어나

고 있음에 주목할 필요가 있을 것이다.

갑신정변(甲申政變) 때도 그러했고, 동학 혁명(東學革命) 때도 그러했고,

114

三・一 운동 때도 그러했는데, 이렇게 보면 우리의 근대적 혁명이 모두가 민족적인 민주 혁명이었음을 알 수 있을 것이다.

四・一九 학생 의거는 그러나 한국 민주주의의 완성이 아니었다. 四월 의거 뒤에 제二공화국이 탄생하여 민주당의 장 면(張勉) 정권이 수립되었다.

장 면 정부는 四・一九 의거의 불로 소득(不勞所得)에 지나지 않았을 뿐, 자주적인 역량에 의한 정권 획득(政權獲得)이 아니었기 때문에, 약체 정권(弱體政權)임을 면치 못하여 그러지 않아도 四월 의거의 여파로 성행해진 데모와 극도로 문란해진 사회 질서를 바로잡는 치안 유지도 못한 채 시국을 더욱 혼란하게 만들었다.

민주당 정권의 속수무책은 모처럼의 혁명을 유산시키지 않으면 안 되었을 뿐 아니라, 이러한 혼란을 틈타서 용공 세력(容共勢力)이 대두하기 시작하였다.

一九六一년 봄에 들어와서는 일부 철부지한 학생들이 공산주의자들의 선동에 놀아나 판문점(板門店)에서 남북 협상(南北協商)을 하자는 위험한 사태까지 일어나게 되었다.

사회적 불안과 용공적인 풍조로 인한 정치적 불안은 국민으로 하여금 장차 이 나라가 어떻게 되느냐 하는 것을 걱정하지 않을 수 없게 하였다.

민족적 위기에 임할 때에 전통적인 민족 정신이 발로되는 역사 법칙(歷史法則)을 알고 있는 국민들은 조만간 어떤 형태의 혁명이 일어나리라는 것을 이미 예측하고 있었을 것이다.

갑신정변, 갑오 동학 혁명, 갑오경장, 독립 협회, 三・一운동, 四・一九 의거 등의 면면한 전통을 통하여 내려온 염원, 즉 조국을 근대화하고 자주적이요 자립적인 근대 국가(近代國家)를 건설하겠다는 국민의 강렬한 의지가, 당시와 같은 사회적 혼란과 공산화적 위기(共産化的危機) 속에서 도저히 침묵할 수는 없다는 것을 다른 모든 국민들과 같이 나 자신도 절실하게 생각하게 되었다.

만약 이러한 사태가 그대로 계속된다면 이 나라는 적화(赤化)될 것이 명약

관화(明若觀火)하였고、五천 년의 유구한 역사와 전통은 일조에 사라져 갈 뿐

아니라、민족 중흥(民族中興)을 기필코 성취하여 우리와 우리 자손들도 다른

민족들처럼 잘 살게 만들어 보자고 염원하던 많은 선각자들의 그 고고(孤高)한

넋을 대할 면목이 없다는 생각을 할 때 어려운 시기에 이 땅에 태어난 서러움

이 가슴을 메웠다.

그러나 한편으로 어떻게 하여서든지 민족의 이 위기를 구출해 내야겠다는

결심이 나로 하여금 밤잠을 못 이루게 했다.

그러나 나는 군인의 몸이었으며、나도 군이 정치에 관여하는 것을 원하지 않

았다. 그러나 감내(堪耐)와 방관에도 한도가 있는 것이다.

민족 경제가 파탄、농락되고 사회가 혼란할 대로 혼란됨으로 인하여 불원한 장

래에 망국(亡國)의 비운을 맛보아야 할 긴박한 사태를 보고도 감내와 방관을

미덕으로「국토 방위」란 명분에만 집착하기에는 사나이 대장부의 호기와、자부

와、기백이 용서하지 않았다.

정의로운 우리 군대가 목숨을 걸고 싸워 지킨 우리 국토 속에서 위급한 사태가 조성되고 있는 데도 명분(名分)에 집착하여 좌시만 하고 있을 수는 도저히 없었던 것이다.

나의 구국의 의지는 사실은 四·一九 훨씬 이전의 자유당 말기부터 싹텄었다. 그리하여 군사 혁명(軍事革命)에 대한 최초의 구체적인 계획은 三·一五 선거 전후에 세워 가지고 있었으나, 四·一九 학생 의거의 발발로 이를 백지화(白紙化)하고 말았다.

우리는 같은 목적을 가진 혁명이 군인 아닌 학생과 시민에 의하여 성취된 것을 도리어 다행으로 생각하였으며, 四·一九 뒤에는 정치와 사회가 정화(淨化)되어 모든 부패 세력(腐敗勢力)이 일소되고, 숙망인 군의 정화도 성취될 것을 기대했는데, 그 기대는 여지없이 무너지고 국가 전체의 위기는 더욱 가중(加重)되어 갈 뿐 아니라, 군 내부의 정화도 전혀 기대할 수 없게 되었다. 결국 나와 동지들은 一九六一년 五월 一六일을 기해 군사 혁명을 결행했다.

거사 직후 우리는 『군부가 궐기한 것은 부패, 무능한 현 정권과 기성 정치인들에게 이 이상 더 국가와 민족의 운명을 맡겨 둘 수 없다고 단정하고 백척간두(百尺竿頭)에서 방황하는 조국의 위기를 극복하기 위한 것임』을 천명했다.

우리는 또한 「혁명 공약(革命公約)」에서 『반공 체제(反共體制)』를 재정비 강화하고, 자유 우방과의 공고한 유대 밑에서 모든 부패와 구악(舊惡)을 일소하고 국가 자주 경제에 총력을 경주하여 강력한 국력을 배양하고, 나아가서 민족의 숙원인 통일을 이룩하자』고 우리의 진로를 명백히 내세웠다.

우리의 비원인 국토 통일은 결코 허울좋은 구호나 감상적인 통일론을 가지고서는 이룩될 수 없는 것이었다.

자유당 치하에서 판치던 북진 통일론(北進統一論)과 같은 것은 오히려 통일의 길을 저해(沮害)하는 긴장만을 가열시키는 부질없는 구호였고、五·一六 전야에 활개치던 남북 협상과 같은 감상적인 생각은 공산주의자들의 간사하고 음흉한 계책에 말려 드는 것 외에 아무 것도 아닌 것이었다.

통일이 이룩되기 위해서는 무엇보다도 국제적 여건(國際的與件)의 성숙이 전제되어야 했고, 우리들이 해야 할 급선무는 하루 속히 근대화를 이룩하고, 통일에 대비하는 우리 스스로의 주체적 역량의 충실을 위하여 힘을 기울이는 일이었다.

공산주의자들을 굴복시킬 수 있는 유일한 길은 정치, 경제, 사회의 모든 분야에서 그들을 우월할 수 있는 「힘의 과시(誇示)」밖에 없는 것이다.

우리는 이러한 나와 동지들의 신앙화되어 있는 생각을 「승공 통일(勝共統一)」이라는 말로 집약(集約)하여 혁명 정부의 슬로우건으로 내걸었다.

지난 한 세기에 걸친 모진 시련과 고난을 겪는 과정에서 우리 겨레의 가슴 속에 서서히 자라 오른 근대화에의 의지는 四·一九의 거를 계기로 하여 급격히 우리 국민의 각 계층으로 번져 나아갔다.

이러한 국민들의 자각된 의식은 하나의 목표로 집중 연소케 하는 시동의 스위치만 눌러 준다면 놀라운 저력(底力)을 발휘할 수 있을 정도로 충분히 여물

120

어 있었으며, 이것을 가능케 하는 시동의 구실을 하는 것이 바로 지도력인

것이다.

나와 나의 동지들은 우리들이야말로 목숨을 걸고 나라를 침략자의 마수로

부터 구해 냈다는 비길 데 없는 자부와, 대부분이 해외 유학을 통하여 간직하

게 된 근대화에 대한 절실한 자각과 군에서 습득한 최신의 과학적인 행정 관리

의 기술을 구사할 수 있다는 강력한 자신과, 그리고 어떤 어려운 일이라도 우

리들의 견고한 단결력을 가지고 해 낼 수 있다는 우리 조직력에 대한 무한한

궁지를 안고 있었다.

우리야말로 멀리는 유구한 민족 정기(民族精氣)를 이어 받고, 가까이는 우리

국민들의 성원 속에 오랜 시련의 역사에 종지부를 찍고, 조국 근대화의 민족적

숙원을 선도(先導)해 나아갈 기수로서, 그 성취를 보장하는 결실자로서, 가장

적합한 「엘리트 집단」이라는 신념 아래 혁명 과업(革命課業)의 완수를 위해 매

진해 나아갔던 것이다.

도약의 六○년대

Ⅳ 도약의 六○년대

1 개발에의 의지

우리가 정권을 인수하고 난 뒤 부딪친 문제들은 너무나 방대하고 복잡했으며, 정치、경제、문화의 어느 영역에서나 그 해결이 시급하지 않은 것이 없었다.

그러나 우리는 자립 경제(自立經濟)의 건설과 산업 혁명(産業革命)의 성취가 가장 시급한 문제이며、이것은 실로 혁명을 통한 민족 국가의 대개혁과 민족 중흥 창업(民族中興創業)의 성패 여부를 판가름하는 문제의 전부이며 관건(關鍵)임을 알고 있었다.

四·一九와 五·一六의 두 차례의 혁명도 따지고 보면 결국 경제의 빈곤에

125

서 비롯된 것이며, 또한 경제 생활(經濟生活)을 개선하려는 절대한 국민적인 요구의 폭발이었음은 두 말할 나위도 없다.

정녕 우리는 가난한 채로 살 수 없으며, 이대로 나아간다면 앉아서 굶어 죽거나 국가의 파멸을 눈 앞에 보아도 속수무책일 수밖에 없는 것임을 깨달았다.

먹여 놓고 살려 놓고서야 정치가 있고 문화에 대한 여유를 누릴 수가 있으며 사회의 발전도 있을 것이기 때문이다.

五·一六 군사 혁명 이전의 우리 나라 경제 상태는 한 마디로 엉망이었다. 누적되어 온 종전의 정치적 실패와 오도(誤導)된 경제 정책으로 한국 경제는 거의 수습하기 어려운 상태에 놓여 있었다.

六·二五 동란 이후의 재건 부흥 수요가 차차 없어지고 외원(外援)의 규모가 줄어짐에 따라 경제 성장의 기동력은 둔화(鈍化)되기 시작했다. 경제적 침체로 해서 국민 대중의 생활고는 더욱 악화되었고, 실업자와 절량 농가(絶糧農家)가 늘어났으며, 농가 고리채는 쌓이기만 했다.

126

그 반면에 몇몇 특권 계급과 부정 축재자(不正蓄財者)들은 대중을 희생시켜 가며 비대(肥大)해지고, 사치성 소비 풍조가 지나쳐 외래품의 범람과 국제 수지(國際收支)의 심한 역조 현상(逆調現象)을 일으키고 있었다.

이러한 사정으로 해서 경제 발전의 계기를 놓쳐 버린 자유당 말기의 우리의 경제적 미래(經濟的未來)는 암담하기만 하였고, 국민은 실의(失意)에 차 있었으며, 지도자에게서는 아무런 발전을 위한 의욕도 노력도 찾아 볼 수 없었다.

四·一九의 민중 폭발을 계기로 정권을 잡게 된 민주당 정권 때도 경제 제일주의(經濟第一主義)를 표방했음에도 불구하고, 여전의 미성숙에다 지도층의 능력 부족과 정책의 일관성의 결여로 정부 투자는 물론이요, 민간 기업(民間企業)의 경제 활동을 위한 사회적 분위기는 더욱 흐려져 있었으며, 경제 성장률은 인구 증가율 二·八八%에도 따르지 못하는 二·三%로 둔화되어 있었다. 휴전(休戰)이 성립된 一九五三년부터 一인당 소득은 九년간에 불과 二二%의 증가를 나타냈을 뿐이었다. 이것마저도 一九五三년부터 一九五八년까지의

127

재건기(再建期)에 이루어진 것이며, 침체에 빠졌던 一九五九년부터는 一인당 소득이 계속 제자리걸음을 하고 있어, 최저 소득 국가(最低所得國家)의 영역을 벗어나지 못하고 있었다.

산업 구조면(産業構造面)을 보더라도 방대한 외국 원조의 덕분으로 一차 산업에 비하여 二, 三차 산업의 비중이 증대되기는 하였으나, 二차 산업 안의 공업 구조의 불균형과 수출입 불균형을 중심으로 하는 대외적 불균형에 더하여, 중간재 산업(中間財産業) 및 사회 간접 자본(社會間接資本)의 미발달 등 제반 불균형의 요인을 배태(胚胎)하면서 표면상 부가 가치(附加價值)의 산업별 구성비(構成比)만이 공업화 진전의 인상을 주었을 뿐이었다.

해방 이후 우리가 받은 미국 원조는 약 二七억불에 달하는 방대한 규모의 것임에도 불구하고, 장기 개발(長期開發)에 대한 정부의 뚜렷한 비전과 실천 능력의 부족으로, 국가 산업 발전의 중핵(中核)이며 원동력이 되는 전력、석탄、비료、시멘트 및 도로 등 기간 산업(基幹産業)과 사회 간접 자본은 극히 후진적인 초보 상태에서 담보하고 있었으며, 민간 기업은 시설과 원료 부족 및 자금난의 가중으로 생산 활동이 크게 위축되고 있었다.

그 결과 사회 수요에 대한 극심한 공급 부족 현상을 일으킨 반면, 정부의 재정 적자(財政赤字)와 잘못된 금융 정책(金融政策)으로 통화는 과잉 팽창(過剰膨脹)되었으며, 이에 따른 물가 상승은 국민 생활을 크게 위협하고 있었다.

이와 같이 우리가 물려 받은 유산은 빈약하고 많은 위험성을 내포하고 있은데다가 제도 및 정신의 측면 또한 많은 문제를 안고 있었다.

경제적 빈곤과 외부에의 의존을 역사적 숙명이라고까지 체념해 오던 국민 각자의 숙명론적(宿命論的)인 낡은 사고 방식 및 자세와, 경제 개발에 있어서 핵심적 구실을 담당해야 할 진취적 산업 자본가 및 기업가 계층의 미성숙(未成熟), 일부 공무원과 기업가들의 비정상적 방법에 의한 치부(致富)와 축재 방식의 만연, 규모의 영세성(零細性)과 비경쟁성이 지배하는 왜곡(歪曲)된 시장구조(市場構造), 선진국의 농산물 시장으로 전락되어 버린 농업 부문의 빈곤과 낙후성

（落後性）、각종 제도의 비효율성과 운영의 낭비성（浪費性）、그리고 경제 개발에 대한 의욕과 경험 부족 등 이루 헤아릴 수 없는 불리한 여건들이 우리를 에워싸고 있었다.

내가 정권을 인수하였을 때의 솔직한 심경이란, 마치 『도둑 맞은 폐가를 인수하였구나』 하는 심정 바로 그것이었다.

전후 좌우를 살펴보아도 나에게 용기를 북돋워 주는 낙관적이거나 희망적인 면은 그 단편조차 찾을 길이 없었다.

나는 이와 같은 폐가를 재건해야 했다.

과거 일세기 동안 우리 경제를 지배하고 있던 빈곤의 악순환（惡循環）과 정체（停滯）, 그리고 기형적인 경제 구조（經濟構造）를 청산하고 국민에게 인간적인 생활 조건을 마련해 줄 수 있는 자립 경제를 건설함과 동시에, 세계 경제（世界經濟）의 일원으로서의 사명을 완수하기 위해, 나에게는 무엇보다 굳센 용기가 필요했고, 이 엄청난 조국 근대화 작업（祖國近代化作業）을 수행함에 있어 국민 대중의 적극적인 협조와 참여를 필요로 했다.

국민들도 나의 이러한 심정에 대해 어느 정도 이해를 해 주었으므로, 일단 정치 안정(政治安定)을 거둘 수는 있었으나, 우리가 지상 목표로 내세운 경제 발전과 안정된 사회, 그리고 효율적 통치(效率的統治)란 그리 쉬운 것이 아님을 깨달았다.

그와 동시에 자본주의적 방법에 의한 경제 발전은 단순한 물질의 투입만으로 이루어지는 것이 아니고, 무엇보다도 정국(政局)의 안정과 인재(人材)의 동원이 요청된다는 것을 알았다.

따라서 우선 급한 대로 민주당 당시의 불안의 중요 원인이 되었던 학생, 언론, 노동 단체 및 정당 등 제사회 단체의 활동을 어느 한계선 내에서 정지시키고, 군사 정부의 집권 기간은 一九六三년까지 기한부라는 것을 공고하였다.

이와 더불어 현대 정치가 요청하는 전문성에 따라, 주로 대학 교수로 구성된 기획 위원회(企畵委員會)를 설치하고 제반 개혁을 위한 방안을 구상 검토케 함

131

으로써, 이들의 지혜를 빌리고 아울러 군인들에 의한 무모한 독단(獨斷)을 피해 보고자 하였다.

이에 따라 우리는 성공한 것도 있고 실패한 것도 있었다.

그러나 우리의 과업에 동원 참여한 학자들은 이것을 계기로 우리의 현실 문제를 정책적(政策的)인 입장에서 경험적인 방법에 따라 연구하는 데 관심을 크게 갖기 시작하였으며, 이들로부터의 충고를 받아 우리는 정책의 효율성(效率性)과 합리성(合理性)을 최대한으로 확대할 수 있었다.

어떻게 보면 이조(李朝) 이래의 유교적인 전통 사상(傳統思想)에서 학자를 높이 평가하고, 이들을 직접 정치 행정에 참여시킨 전통의 재현(再現)을 다시 보게 되었음은 매우 뜻있는 일이라고 생각된다.

정체 상태에 놓여 있는 후진국 경제(後進國經濟)를 개발하는 데 있어 가장 전략적인 요인은 무엇보다도 인적 자원을 활용하는 능력과 기술에 있다.

경제 발전은 결국 사람이 시작해서 사람이 끝내는 것이다.

나는 우리 나라의 경제 발전을 위한 제반 잠재력(潛在力)과 가능성을 결합시켜 어떻게 이것을 혁신적 발전의 추진력(推進力)으로 만드느냐 하는 데 크게 부심(腐心)하였다.

이러한 작업은 개발에 대한 강력한 범국민적 의욕(汎國民的意慾)을 필요로 한다.

이 의욕이 의욕만으로 끝나지 않고, 실천으로 옮겨지기 위해서는 우리가 무엇을 어떻게 할 것인가 하는 개발의 청사진을 가지고 있어, 그것을 국민이 납득하고 스스로 참여해 주는 적극적이고도 헌신적인 자세, 즉 「개발의 의지」를 확립하고 있어야 한다.

나는 범국민적인 개발 의욕을 고취시키고 경제 발전을 위한 개발에의 국민적 의지를 통일 집약시키기 위해、 一九六二년을 제一차 연도로 하는 종합적인 경제 개발 五개년 계획(經濟開發五個年計畫)을 수립하고 이것을 국민에게 제시하였다.

133

이 계획은 온 겨레의 중지(衆智)를 모아 작성한 것이며, 이로써 우리는 낙후된 경제를 번영으로 이끌려는 원대한 희망을 품고 모두가 구준한 노력과 인내로 이룩해야 할 지표(指標)를 얻게 되었다.

이 계획의 기본 목표는 한국 경제의 자립적 성장과 공업화를 위한 기반 조성(基盤造成)에 있다.

그러나 경제 계획을 수행하는 기간 중의 경제 체제(經濟體制)는 되도록 민간의 자유와 창의를 존중하는 자유 기업 제도(自由企業制度)를 원칙으로 했다.

그것은 그렇게 함으로써만 민간의 자발적인 활동과 의욕을 자극할 수 있다고 믿었기 때문이다.

그러나 기간 산업 부문의 육성에 있어서만 정부가 직접, 간접으로 관여하도록 했다.

즉 우리는 강력한 계획성이 가미(加味)된 자유 경제 체제(自由經濟體制)를 계획 집행의 기본 방향으로 삼았던 것이다.

그리고 계획 기간 중의 개발 순위(開發順位)는 한국 경제의 구조적 특질을 감안하여 다음과 같이 정하였다.

① 전력, 석탄 등 「에너지」 공급원(供給源)의 확보

② 농업 생산의 증대에 의한 농가 소득의 상승과 국민 경제의 구조적 불균형(構造的不均衡)의 시정

③ 기간 산업의 확충(擴充)과 사회 간접 자본의 충족

④ 유휴 자본(遊休資本)의 활용, 특히 고용의 증대와 국토의 보전(保全) 및 개발

⑤ 수출 증대(輸出增大)를 주축으로 하는 국제 수지의 개선

⑥ 기술의 진흥(振興)

이와 같은 개발에 필요한 투자 재원(投資財源)을 조달하는 데 있어서는, 국내 자원(國內資源)을 최대한으로 동원하도록 함으로써 자조적인 노력을 바탕으로 하는 계획이 되도록 하였다.

135

계획의 중요 내용을 보면, 연평균 七·一%의 경제 성장을 달성하여 계획 기

간 중 국민 총생산을 四〇·七% 증가시켜 목표 연도에는 국민 총생산액을 三

천三백억원으로 끌어 올리며, 一인당 소득을 一九五九년의 九五불에서 一二二

불로 증가시키도록 계획하였다.

수출액은 기본 연도의 四·二배인 一억 三천 八백만불로 증대시켜 국제 수지

를 개선하고, 산업 구조를 균형화(均衡化)하여 제二차 산업의 비중을 제一차

연도의 一九·四%에서 二六·一%로 높이도록 하였다.

이와 같이 이 계획은 상당히 높은 의욕적인 목표를 내세웠다.

연평균 七·一%의 계획 성장률(計畫成長率)은 과거 우리 나라 경제의 성장

추세(成長趨勢)로 보나, 또는 여러 후진국(後進國)의 경우를 고려하여 볼 때,

매우 야심적인 것이었으며, 또한 우리는 그러한 비판을 내외 인사로부터 많이

들었다.

그러나 이러한 야심적인 개발 의욕과 목표는 오직 과거에 비해서만 크다 할

수 있을 뿐, 이것을 기어이 달성해야 할 우리의 필요에 비추어 볼 때, 그다지 큰 것도 아니었고 오히려 그것은 이룩하여야 할 최소한의 목표였던 것이다.

물론 이 계획은 경제 전문가들이 비판했듯이, 무리와 결함이 전혀 없는 것은 아니었다.

더구나 이 계획의 시행 중에 야기될 불의의 온갖 재해(災害) 등은 크나큰 타격이 될 것도 뻔한 일이었다.

계획 제一차 연도에 있어서의 미증유(未曾有)의 재해로 인한 미곡 흉작(米穀凶作)은 특히 큰 타격의 하나였다.

이와 같은 불의의 재해는 五개년 계획을 초기부터 상당한 차질을 초래케 하였다.

그러나 무(無)에서 유(有)를 얻으려면 닥쳐 올 많은 고난의 현실을 두려워만 하고 있을 수는 없었다.

우리는 어떠한 난관이나 애로라도 극복하고 기어이 이 계획을 성공하고야

말겠다는 군센 의지가 필요했다.

과거에도 우리 나라에 「네이산 보고서(報告書)」의 五개년 계획을 비롯하여 자유당 정권하의 三개년 계획 등의 경제 개발 계획이 없었던 것은 아니었으나, 행정부의 무위 무능(無爲無能)과 경제 개발의 잠재성과 계획의 이득에 대한 인식 부족 등으로 개발에의 군센 의지가 길러지지 못하여, 결국 하나도 실천에 옮겨지지 못한 채 끝내 탁상 공론(卓上空論)으로 끝나고 만 것이다.

우리가 필요했던 것은 과감한 실천 바로 그것이었다. 기적은 행동에서 얻어지는 것이며, 오로지 하고야 말겠다는 단합된 국민 정신과 노력으로 얻어지는 것이라고 나는 군게 믿고 있다.

군센 의지와 과감한 실천력으로 우리의 계획을 추진해 나아갈 때, 우리의 자립 경제가 이룩되고 복지 사회(福祉社會)가 건설될 수 있는 것이다.

물론 一차 五개년 계획의 성공만으로 당장에 우리 경제가 자립되고 풍요한 사회가 도래하는 것은 아니다.

우리는 우리의 궁극적 목표인 완전 자립 경제(完全自立經濟)의 달성과 풍요한 복지 사회 건설을 위해, 도중에 중단함이 없이 계속 매진할 것을 다짐하면서, 그 한 발을 내디딘 것이었다.

자립 경제의 확립과 복지 사회의 건설이라는 우리의 이상은 一차 五개년 계획 기간에도, 또는 二차 五개년 계획 기간에도, 아니 그 후의 계획 기간에도 만족스러운 것이 되지 않을지도 모른다.

그러나 우리는 조국의 근대화와 민족 자립(民族自立)이라는 구원(久遠)의 이상을 달성하기 위하여, 우리가 지금 당장 할 수 있는 일을 또 내일로 미룰 수는 없다는 극히 평범하면서도 무한한 철리(哲理)를 지닌 결의를 가지고 이 사업에 착수한 것이다.

우리의 이러한 신념과 노력은 헛되지 않아, 우리 경제는 一九六○년 전반을 통하여 지속적(持續的)인 고율(高率)의 성장과 현저한 구조 개선(構造改善)을 보게 되었다.

『우리가 살고 있는 오늘의 세계는 변화의 시대이며, 동시에 경쟁의 시대』인 것이다. 이제 지난 一九六○년대의 一○년간의 성과를 돌이켜 볼 때, 의지와 신념을 바탕으로 경제 자립과 근대화라는 벅찬 과제에 거침없이 도전하였던 우리의 용기는, 우리 국가와 시대의 요청에 보답하는 변화와 발전의 원동력(原動力)이었다고 생각된다.

그러나 미비한 여건 아래서 빠른 경제 성장과 구조 개선을 추구하기 위하여, 현실에 알맞는 정책 수립(政策樹立)과 수단을 선택하는 데 있어선 적지 않은 고충과 마찰이 뒤따랐다.

경제 개발이나 국가의 근대화라는 긴 안목에서 볼 때에는 당연한 정책으로 인식될 수 있는 여러 가지 정책적 결정이 기성 관념(旣成觀念)과 인습(因習)에 젖어 있는 기업가나 일반 국민들에게는 당혹(當惑) 어리둥절할 만한 사태의 급전으로 받아들여지는 경우가 허다하였다.

그리고 결정을 내리는 정부나 당의 입장에서 보더라도 축적된 경험이나 이

론적 기반이 부족하였으므로, 정책 효과(政策效果)에 대한 뚜렷한 전망이나 자

신을 가질 수 없는 경우가 적지 않아, 새로운 정책 수립이나 집행을 할 때에는

항상 얼마간의 진통(陣痛)과 시련이 뒤따르지 않을 수 없었다.

특히 一九六○년대의 우리의 개발 과정에서도 경제 개발의 전략 문제를 비롯

한 금리 현실화(金利現實化)、조세 정책(租稅政策)의 강화、단일 변동 환율 제도

(單一變動換率制度)의 채택、무역 자유화(貿易自由化)、외자 도입(外資導入)、

강력한 재정 안정 계획(財政安定計畵)의 실시 등은 많은 논란을 야기시켰다.

이러한 정책들은 모두 결과적으로는 고도 성장(高度成長)과 구조 개선에 결

정적 구실을 한 것이었으나, 그 결정과 집행의 과정에서는 매우 심각한 찬반

의 논란을 불러일으켰던 것들이다.

一九六○년대 초에 우리 경제의 자립과 고도 성장을 밀고 나아가는 데 가장

큰 애로의 하나로 등장한 것은, 개발의 주역(主役)을 담당해야 될 민간 기업

의 존립 기반(存立基盤)이 허약한 것과, 근대적 시장 구조와 새로운 기업가

정신(企業家精神)이 갖추어지지 못하였다는 사실이었다.

따라서 장기적으로는 민간 기업가의 창의와 「이니시어티브」에 의존해야 한다는 것을 알면서도, 우선 자립에의 기반을 구축하는 것이 시급하다는 현실적 불가피성 때문에, 개발의 전위(前衛)로서의 과업을 정부 자체가 떠맡지 않을 수 없었다.

우리 정부는 취약(脆弱)한 민간 기업의 경영 기반(經營基盤)을 튼튼히 하여, 끝내는 개발의 주역 노릇을 해야 하는 기업가 그룹을 육성하고, 효율성 있는 경쟁적 시장 경제의 기반을 닦기 위하여, 대규모의 사회 자본(社會資本)의 확충, 새로운 정책 수단의 선택과 제도의 정비, 개발 목표를 벗어나려는 방향으로의 민간 경제 활동(民間經濟活動)에 대한 강력한 견제 등에 상당한 노력을 기울여 왔다.

이러한 우리 정부의 정책적 노력은 헛되지 않았고, 내놓은 개혁적인 제정책(諸政策)은 많은 성과를 거둘 수 있었다.

142

물론 이것을 실시함에 있어 부분적인 시행 착오가 없었던 것은 아니다.

그러한 여러 가지 시책(施策)들은 국가 정책 기조(政策基調)의 근본적 혁신을 뜻하는 것이었기 때문에, 새로운 경제 활동 패턴에의 조정을 필요로 하는 기업, 가계(家計) 등 각 개별 경제 단위(經濟單位)에 대하여는 상당한 불편과 마찰을 초래하지 않을 수 없었으며, 우리 정부 입장에서도 정책 효과에 대한 자신의 결여(缺如)와 설득의 곤란 등으로 많은 고충을 겪지 않을 수 없었다.

그러나 금리 현실화를 통해 五년 동안에 금융 기관 저축이 무려 七배를 넘어 섰고, 세제 개혁(稅制改革)을 통해 정부 지출의 소요 재원이 조달될 수 있었고, 단일 변동 환율 제도와 수입 자유화 정책은 수출의 신장을 가져 왔고, 그 것은 외자 도입이나 재정 안정 계획 등과 더불어 경쟁력 강화(競爭力强化) 및 수출 기반 조성에 도움을 줄 수 있었던 것이다.

이제 지나간 일을 돌이켜 볼 때, 이것들은 발전을 위한 값비싼 시련과 경험이었다고 생각되며, 객관적 현실의 인식을 바탕으로 한 과감한 결단이 고도 성장과 구조 개선을 위해 얼마나 중요한 것이었나를 새삼 깨닫게 하는 것이었다.

우리는 이 귀중한 경험을 토대로 하여, 자주 경제의 터전을 확고히 마련하기 위하여, 제二차 五개년 계획을 더욱 자신있게 추진하였으며, 이로써 사회 간접 자본(社會間接資本)의 확충과 중화학 공업(重化學工業)의 급속한 성장을 거두어, 계속 오늘까지 놀라운 경제 발전을 지속하고 있는 것이다.

2 자립에의 터전

一九六〇년대의 一〇년간은 우리 나라 경제에 있어서 장기적인 경제 자립의 물적 기반(物的基盤)을 구축하고, 전근대적인 저개발 사회(低開發社會)에서 성장이 자생(自生)하는 근대적 생산 사회에로의 도약(跳躍)의 계기를 이룬 성장의 一〇년이었을 뿐만 아니라, 세계적으로는 국제 연합(國際聯合)이 설정한 바

「개발의 一○년」에 호응하는 시기였다.

이 기간 사이의 우리 경제의 급격한 성장과 구조적 발전(構造的發展)은 저 개발국 경제 발전의 하나의 「모델 케이스」로서 커다란 의미를 가질 수 있는 것이었다.

우리 경제의 성장 및 발전 과정에 관심을 갖고 객관적으로 냉철하게 분석 평가하여 온 많은 경제 학자들은 一九六○년대의 개발 성과를 하나의 경제적 기적(經濟的奇蹟)이라고 보고 있다.

두 번의 경제 개발 五개년 계획을 통하여 우리 경제가 이룩한 성과는 세계 제二차 대전 후에 전재(戰災)의 잿더미 속에서 세계 유수의 산업 대국(產業大國)으로 성장한 서독(西獨)이나 일본, 이스라엘 등의 기적에 가까왔던 발전에도 비교할 수 있는 것이라고 하는 과찬(過讚)도 많이 들었다.

여하간 우리 민족은 제一, 二차 경제 개발 계획의 성과로 말미암아, 一九五○년대 말의 실의와 절망으로부터 벗어나, 이제 장래에 대한 새로운 자신과 희망을 되찾을 수 있게 되었다.

나아가서 우리는 성장된 국력을 바탕으로 하여 과거 남에게 의존해 오던 수혜 관계(受惠關係)를 과감하게 청산하고, 보다 새로운 차원에서 세계 시장에서의 「선의의 경쟁자(競爭者)」로서, 그리고 우리보다 낙후된 개발 도상(開發途上) 제국에 대한 「성실한 동반자(同伴者)」로서 세계 경제의 발전 및 확대 균형(擴大均衡) 달성에 당당하게 참여할 수 있게 되었던 것이다.

그러면 우리 경제는 一九六〇년대에 구체적으로 어떠한 성과를 이룩하였는가? 나 자신의 평가를 간단하게 요약해 보고자 한다.

첫째로, 우리 경제는 지난 一〇년 사이에 연평균 八·六%에 달하는 실질 소득 성장률(實質所得成長率)을 기록하여, 전체의 경제 규모는 二·三배로 확대되었다.

六〇년대를 전후반으로 구분해 보면, 그것은 一九六〇년대 전반기의 五·五%에 비하여, 후반기에는 一一·七%라는 높은 성장률을 이룩하였다.

그 중 고도 성장을 주도(主導)한 부문은 제조업(製造業)으로서 一九六○년대 전체를 통하여 一六%의 급템포로 성장하였으며, 제조 부문의 발전을 뒷받침하기 위한 사회 자본 부문에 있어서도 연평균 一七·一%의 성장을 달성하였다.

이러한 근대적인 산업 부문의 건설과 하부 구조(下部構造)의 확충을 주축으로 한 고도 성장은 산업 생산 지수(産業生産指數)에서 뚜렷이 나타나 있다.

전기업(電氣業)을 포함한 산업 생산의 규모는 一○년간에 五·五배의 성장을 기록하였으며, 한편 一인당 GNP는 一九五九년의 九五불에서 一九六九년에는 一九八불에 이르러, 연평균 六% 이상의 높은 성장률을 표시하였다.

이것은 국제 연합이 개발 연대의 목표로 내걸었던 연평균 성장 목표 五%를 훨씬 넘어서는 것이었다.

둘째로, 지난 一○년 사이에 우리 경제가 이룩한 산업 구조의 고도화를 들 수 있다. 우리 나라와 같이, 천연 자원(天然資源)이 모자라고 인구가 많은 경제 구조 아래서는 농업 부문으로부터 공업으로의 구조 전환(構造轉換)과 이를 바탕으

147

로 한 기술 혁신, 해외 시장 진출 등을 개발 전략(開發戰略)의 핵심으로 삼지 않으면 안 될 것이다.

따라서 우리 정부는 공업화와 공산품(工産品)의 수출에 가장 큰 역점(力點)을 두는 정책 방향을 추진하였으며, 이러한 개발 정책의 결과로 GNP에서 차지하는 광공업 부문의 비율은, 一九五九년의 一四·一%에서 一九六九년에는 二五·九%로 크게 늘어나고, 근대적 산업 사회(産業社會) 건설에 빼지 못할 전력, 도로, 항만 등 사회 자본의 확충 역시 광범위하게 이루어졌던 것이다.

이러한 공업화와 산업 기반 구축의 진전은 수출과 수입 대체(輸入代替)의 원천이 되었다.

공업화에 따른 노동 집약적(勞動集約的)인 경공업 제품의 급격한 공급 확대는 수출 증진(輸出增進)을 위한 좋은 물적 기반이 되었으며, 一九五○년대와 一九六○년대 초에 걸쳐 대규모의 외자 부담(外資負擔)을 일으켜 왔던 정유(精油), 시멘트, 철강재, 비료, 화섬 제품(化纖製品), 전기 기구, 약품 등의 국내 생산

이 이루어지게 됨에 따라, 상당한 규모의 수입 대체 효과가 나타나게 되었다.

세째로, 一九六〇년대의 우리 경제가 이룩한 가장 보람찬 성과는 수출의 놀라운 신장(伸長)이었다.

이미 잘 알려진 바와 같이, 국내 시장 규모가 보잘 것 없고 자원이 모자라는 우리 나라와 같은 경우는 경제를 발전시키는 데 공업화와 수출이 가장 바람직한 전략임은 두 말할 나위도 없다.

우리 정부는 일찌기 이 점에 착안, 재정 금융 및 산업 정책 등 모든 경제 시책을 수출 제일주의(輸出第一主義)로 지향해 왔으며, 그 결과로 우리 나라의 수출 확대(輸出擴大)는 연평균 四二・六%로 一〇년간에 그 총량이 三五배로 증가하는 세계 제일의 신장률(伸長率)을 나타냈고, 한편 수출의 확대에 따라 수출 상품 구조(輸出商品構造)도 공산품 중심으로 옮겨 그 질을 높였으며, 해외 시장을 다변화(多邊化)시켜 수출을 글자 그대로 우리 경제의 성장과 도약의 추진 기구(推進機構)로서의 자리를 차지하게 하였던 것이다. 이러한 성과를 이

록하는 데 기업가들의 창의적인 혁신과 시장 개척을 위한 헌신적인 노력이 이루 말할 수 없이 컸음을 여기서 지적해 두고자 한다.

네째로, 우리는 一九五○년대와 一九六○년대 전반까지 줄곧 우리 경제의 성장과 안정을 위협하여 오던 만성적(慢性的) 인플레 경향을 크게 완화(緩和)시켰다는 사실을 우리가 이룩한 가장 중요한 성과의 하나로 들고자 한다.

우리는 강력한 재정 안정 계획의 실시, 물자 수급(物資需給)의 적절한 조절, 수입 자유화(輸入自由化)、 소득 정책(所得政策)의 실시, 누적된 재정 적자의 불식(拂拭) 등 일련의 시책의 도움을 얻어, 연평균 二○%에서 三○%까지에 이른 악성 인플레이션을 一九六五년 이후로는 연간 一○% 미만으로 줄이는 데 성공하였으며, 최근에는 七% 안쪽으로 크게 안정화시켰다.

이로써 장기적인 고도 성장을 계속시키는 데 빼지 못할 안정 기반(安定基盤)의 구축을 위한 기틀을 마련하였으며, 시장 경제(市場經濟)의 기능을 바로잡는 데도 큰 도움을 주게 되었다.

다섯째로、수송 혁명(輸送革命)의 서막을 올린 경부간 고속 도로(京釜間高速道路)의 완공을 들 수 있다。一九七〇년 七월 七일에 개통식을 갖게 된 이 공사는 순전히 우리의 재원(財源)과 우리의 기술만으로 이룩된 사업이다。

四二八킬로미터 길이의 이 고속 도로를 우리는 세계에서 가장 적은 비용인 一킬로미터당 一억원(三三三만불)에 해당하는 四二九억 七천 三백만원을 투입하여 불과 二년 五개월이라는 짧은 기간에 완성시켰다。

이 고속 도로가 관통하는 연변 지역의 인구는 총인구의 六三%를 점유하고 있으며、산업은 국민 총생산액의 六六%와 공업 생산액의 八一%를 차지하고 있으며、전체 자동차 보유 대수의 八一%가 이 도로를 이용하게 될 것이므로、그 경제적인 의의는 대단히 큰 것이다。

우리는 이미 개통된 경인、경부 고속 도로에 이어、一九七〇년에 일부 완공한 호남 고속 도로(湖南高速道路)와 一九七一년에 착공 예정인 영동선(嶺東線)、남해선(南海線) 등의 건설을 추진 중인데、이것이 연결되면 전국의 주요 경제권

(主要經濟圈)은 일일 생활권(一日生活圈)으로 좁혀져, 전국 도시화(全國都市化)가 촉진되고 국민 경제 발전과 산업 근대화에 크게 이바지할 것이다.

고속 도로망의 건설 계획이 공표되었을 때, 국내외의 일부에서는 비판적이고 회의적인 여론도 없지 않았다.

그러나 나는 『우리의 제한된 자금으로 당면한 수송 애로(輸送隘路)를 타개하는 데에는 철도나 항만에 비해서 도로 개발이 훨씬 투자 효율(投資效率)이 높을 뿐 아니라, 각종 산업의 발전, 지역 개발(地域開發)의 촉진, 생활권의 확대 등 국민 경제 발전에 유리하다는 점을 지적하고, 이 사업은 조국 근대화의 상징적인 사업으로 기어코 우리의 자본, 우리의 기술, 우리의 노력만으로 완성해 보겠다』는 굳은 의지를 표명한 바 있다.

우리 민족 사상 최대의 역사(役事)였던 경부 고속 도로의 성공적 건설이야말로 우리 민족의 무한한 저력(底力)과 강인한 의지를 실증(實證)하고, 우리가 하고자 한다면 무엇이든 해 낼 수 있다는 자신과 긍지를 일깨워 준 큰 의의를 지

152

닌 사업이라고 하겠다.

이 밖에도 우리 경제가 一九六〇년대에 이룩한 성과로는 금리 현실화 정책을 기틀로 이루어진 금융 기관 저축의 고율 성장과, 이에 따른 대규모의 내자 동원(內資動員) 및 五배에 가까운 금융 저축의 신장, 농업 생산 규모의 배증(倍增)과 기업적인 농업 혁명의 기반 구축(基盤構築), 울산 공업 단지(蔚山工業團地)의 건설 등을 우리 스스로 자랑으로 내세울 수 있다고 생각한다.

이상 열거한 바와 같이, 양차 五개년 계획의 강력한 집행으로 우리는 많은 고무적인 성과를 거두었다.

그러나 실책(失策)도 한두 가지가 아니었음을 나는 솔직히 시인한다.

계획 실천에 대한 과열(過熱)과 목표 달성에 대한 긴박감, 그리고 자원 이용의 효율성과 수단 선택에 대한 사전 검토의 불충분으로 상당한 무리와 비능률을 초래하기도 하였다.

첫째로, 一九六二년에 단행한 화폐 개혁(貨幣改革)을 들 수 있는데, 이것은 우리가 기대했던 성과를 거두지 못하고 완전히 실패하고 만 전형적인 케이스라 하겠다.

당초 우리는 과잉 유통성(過剩流通性)을 흡수하여 잠재적 인플레의 현재화(顯在化)를 미연에 방지함과 동시에, 심다한 퇴장 자금(退藏資金)을 산업 자금으로 전용(轉用)할 수 있으리라는 기대 아래 단행했었다.

그러나 결과적으로는 통화 가치(通貨價値)만 떨어뜨리고 일시적이나마 금융질서(金融秩序)에 혼란을 가져 오게 함으로써, 생산 활동의 위축을 자아내는 결과를 초래했을 뿐이었다.

둘째로, 농어촌 경제의 안정된 성장 발전에 암적 존재(癌的存在)가 되어 왔던 농어촌 고리채(農漁村高利債) 정리 과정에서 발생한 실책이었다.

물론 농어촌의 고리채 정리 문제는 혁명 정부가 아니고서는 감히 시도해 볼 엄두조차 하기 어려웠던 대담한 정책이었다.

그러나 방출된 정리 자금을 채무자로부터 회수함에 있어 강권(强權)을 썼다는 것이 실책의 큰 원인이 되었다.

이 때문에 채무 농어민들은 양곡, 축산물 및 전답의 방매(放賣)를 하게 되고, 그로 인한 가격의 하락 현상(下落現象)을 자아내어 농업 생산의 증진과 농업 소득의 향상에 역행(逆行)하는 결과를 가져오게 하였다.

세째는, 六〇년대의 성장 치중 정책(成長置重政策)으로 금리, 환율, 세율 및 통화량 등 나라 살림살이의 조정 역할을 하는 주요 정책 변수(政策變數)의 경직화 현상(硬直化現象)을 자아내지 않았는가 하는 점이다.

정책 변수의 비신축화는 개발 과정(開發過程)에 따르는 불가피한 현상일지 모르나, 이것은 정책 당국으로 하여금 어떠한 문제 발생시에 기동성 있게 대체할 수 없는 사태 아래 놓이게 함으로써 정책의 조작 여지(操作餘地)를 좁혀 주는 결과를 자아낸다.

이 밖에도 기업의 보호 육성, 외자 도입 및 재정 금융면에서의 시행 착오가 많았음을 나는 솔직히 시인한다.

아뭏든 우리는 양차 계획의 수립 집행 과정에서 많은 귀중한 경험을 얻었고 산 지식을 체득(體得)하게 되었다.

이러한 지식과 경험은 앞으로 우리의 큰 자본이 될 것이다.

一九六〇년대의 우리 경제가 이룩한 개발의 성과는 어떻게 보면 하나의 우연의 기적같이 생각될 수도 있을지 모른다.

그러나 이것은 우리 국민 각자의 의식 속에 굳건히 뿌리박고 있는 개발에의 의지, 정부의 리이더십에 대한 국민들의 전폭적 호응(呼應)、널리 보급된 교육과 기술의 향상、질적으로 훌륭한 노동력의 활용성(活用性)、그리고 정부의 확고한 개발 정책의 수행 등 여러 가지 요소가 서로 작용함으로써 나타난 당연한 결과라 아니할 수 없다.

156

3 보람된 노력

우리와 같이 민족 자본이 영세하고 유능한 기업가가 극히 부족한 상황 아래서 경제 발전을 신속히 이룩하려는 경우, 자유 사회의 경제 체제하에서 우리가 겪은 애로는 한두 가지가 아니었다.

따라서 초창기에는 정부가 앞장서서 지원하는 정책을 쓸 수밖에 없었으며, 정치, 행정 능력의 향상 여부는 곧 경제 발전의 성패(成敗)를 가름하는 것이었으므로, 우리는 한편으로 정치, 행정의 능력 향상을 위한 제반 조치를 취하지 않을 수 없었었다.

근대화를 지향하는 사회의 정치인이란 권력 장악(權力掌握)이나 개인적 이익 추구(利益追求)에 치우치지 않고, 확고한 이념으로 합리적인 정책을 구상 제시하고, 조직적인 지도 체제(指導體制)를 갖추어 기강을 바로잡아 나아가야 하는 것이다.

국민의 요망을 저버린 채 지나치게 사사로운 이익을 위한 정쟁(政爭)에 시간을 소모하고 있어서는 우리의 염원인 근대화 작업을 이룩할 수 없기에, 나는 새로운 이념을 가진 인사들로 정당을 구성하는 데 노력하였다.

물론 이들이 정책 형성(政策形成)을 하는 과정에서 얼마든지 갑론 을박(甲論乙駁)이 있을 수 있으나, 일단 방향이 결정되면 이에 따르는 행동을 할 줄 아는 정치인을 중심으로 당(黨)과 국회(國會)를 운영할 수 있게 나대로의 노력을 해 왔으며, 그간에는 여러 가지 반발도 있었고 고충도 있었으나, 그 때마다 보다 큰 일을 위하여 결단을 내리지 않을 수 없었다.

확고한 정치적 신념은 행정력의 뒷받침이 있어야 실현될 수 있는 것이다.

따라서 집권 직후부터 낙후된 행정 체제(行政體制)에 대하여 우리는 크게 손을 대기 시작했다.

개편 과정에서 보수적 저항(保守的抵抗)에 직면하기도 하였으나, 다행이 군에서 습득한 행정 관리 기술(行政管理技術)이 활용되어, 이 면에 있어서 비교적 자신있게 처리해 나갈 수 있었다.

그러나 무엇보다도 중요하다고 생각된 것은 일정시(日政時)부터 물려 받은 다분히 통제 위주(統制爲主)의 체제를 보다 발전적이며 능률적인 것으로 전환하는 일이었다.

발전을 위하여 긴요한 사업에 대해서는 기존 행정 조직에 새 일을 첨가해서 부과하는 것보다, 새로운 조직을 만들어 새 임무를 부과하여 성과면에 치중할 때, 오히려 효과적일 수 있음을 우리는 알고 있었다.

지나치게 기구와 공무원 수를 확대 증가한다는 비난도 없지 않았으나, 우리는 보다 착실한 성과를 올리기 위해 행정 개혁(行政改革)을 단행했던 것이다.

그리하여 우리가 일차적으로 중시했던 경제 발전을 효율적으로 추진하기 위해, 새로이 어느 부처보다도 격이 높은 경제 기획원(經濟企劃院)을 五·一六

159

직후 신설하고, 이와 동시에 건설, 기타 경제 개발을 위한 행정 조직이나, 국영 기업체 등을 개편 신설하였으며, 모든 사업의 뒷받침이 되는 국세 징수(國稅徵收)의 획기적인 혁신을 위하여 국세청(國稅廳)을 신설했다.

그 결과 국세 징수에 있어 종전과는 판이한 성과를 거두게 되었다.

물론 세수 증대의 직접적 근원은 신속한 경제 발전에 있었지만, 경제 발전율을 二배 이상 앞지른 것은 행정의 향상이 기여한 바 컸다고 생각한다.

우리는 이제 외원(外援)이 끊어져도 우리의 징세(徵稅)만으로 예산을 자담할 수 있게 되었음을 매우 흐뭇하게 생각하며, 이렇게 되기까지 무엇보다도 온 국민의 적극적인 협조를 얻을 수 있었음은 더욱 고무적인 일이었다.

만약 우리가 지난 一○년간에 이러한 업적을 쌓지 못하였더라면 외원의 종식(終熄)과 북괴로부터의 도발에 무엇으로 대처해 나갈 것인가를 생각해 볼 때, 대한 민국이라는 자유 사회의 생존을 위하여 매우 다행한 일이라고 아니할 수 없다.

나는 또한 행정의 효율화(效率化)를 촉진하기 위하여、기획、심사、분석 및 통제 업무의 중요성에 착안하여、이 제도를 행정부 전반에 새로이 도입했다.

이와 같이 하여、체제 발전과 효율화를 기할 수 있는 방향으로 행정 기구의 개편을 보았으나、무엇보다도 중요한 것은 사람의 문제였다.

따라서 나는 일반적 공리(公理)에 따라、五・一六 직후 전문성이 요구되는 일부 경제 부처를 제외하고 상부층 인사의 과감한 교체를 단행하였다.

그와 동시에 전 공무원에 대하여 많은 예산을 투입하여 새로운 이념과 발전 지향성(發展志向性)、관리 기술을 갖추도록 하는 철저한 교육을 실시하기 위한 공무원 교육 훈련 제도(公務員教育訓練制度)를 확장 보강하였다.

이러한 우리들의 노력이 단시일 내에 성과를 올릴 수 있었던 것은、이미 일부 공무원이나 학자 중에도 나와 같은 생각을 가진 사람들이 있어、이 계획에 적극적으로 호응하고 협력을 해 준 데 있다고 생각한다.

정치 행정의 영역은 나의 직접적인 영향력하에 있었으므로、비교적 쉽게 전

환 작업이 이루어졌으나、 그러하지 못한 교육、 언론 등의 분야는 발전에 극히

중요한 비중을 차지하는 것이었지만、 변혁(變革)을 이룩하려는 우리의 의도

가 구현되기까지 상당한 시간이 걸리는 것 같았다.

물론 그것은 직접 정치의 영향력을 미치기 곤란한 분야이기도 했지만、 그보

다도 이조、 일정 시대 이래의 오랜 전통에서 벗어난다고 하는 것이 그리 쉬운

일이 아니었기 때문이라고 하겠다.

한국과 같이 경제력에 비하여 교육의 보급률이 상대적으로 높은 경우를 발

전과 관련시켜 생각해 볼 때、 무엇보다도 중요한 것이 교육、 언론의 구실이라

고 생각된다.

따라서 우리는 이에 비상한 관심을 가지고 어떻게 하면 이를 국가 발전을 촉

진시키는 방향으로 공헌(貢獻)케 할 수 있는가에 부심하였다.

四・一九의 경우、 그것은 전적으로 교육、 언론이 정부의 부정을 자유롭게

용감히 비판할 수 있었다는 데 성공 요인이 있었음을 우리는 잊지 않았다.

162

그러므로 잘하고 못하는 일에 대해 시시비비(是是非非)하는 그들의 비판과 격려에 대하여는 최대한으로 받아들이도록 노력했다.

그러나 가끔 우리는 일제 식민지하의 그리고 자유당 부패 정권하의 저항의 전통을 발휘하여, 정부가 하는 일에 사사건건 물고 늘어지는 경우는 이를 시정하지 않으면 아니 되었다.

그 중에서도 한·일 국교 정상화(韓日國交正常化)를 위한 협상에서 이 고통은 컸었다.

우리는 집권 직후부터 민족의 주체성(主體性)과 반공(反共)을 우리의 지표로 들고 나왔지만, 그렇다고 해서 폐쇄적 입장을 취할 생각은 없었다. 오히려 적극적으로 개방 정책(開放政策)을 씀으로써 외국과 널리 문화적 접촉을 가져야 많은 자극을 받을 수 있고 발전에의 원동력이 강해지며, 그에 따라 상호 이해와 국제적 지위 향상은 물론, 우리가 염원하는 경제적 발전도 촉진된다는 생각을 가지고 있었다.

163

따라서 적극 외교(積極外交)의 방침을 굳히고, 점차 널리 동남아(東南亞), 중동(中東), 아프리카, 남미(南美)의 중립국(中立國)에까지 진출하고, 원수(元首)의 방문, 사절단의 파견 등 여러 가지 적극적 방법을 써 왔으며, 이러한 노력의 일환으로 일본과의 국교 회복은 당연히 이룩하여야 할 시급한 과제이었던 것이다.

그런데 마침 일본은 우리의 식민 통치자였으며, 그들로부터 모진 학대와 굴욕을 받아 왔고, 따라서 우리의 민족적인 반일 감정(反日感情)은 가실 수 없어서, 해방 후에도 계속 반일 교육(反日敎育) 및 사상이 강조되어 왔었기 때문에, 친일 외교(親日外交)란 일반 국민, 지식인, 학생들로부터 강한 반대가 나올 것은 충분히 있음직한 일이었다.

물론 그것이 애국적 동기에서 나온 것을 모르는 것은 아니지만, 그렇다고 해서 한국의 발전을 위하여 긴요한 일을 퇴보적인 여론의 압력에 못 이겨 그냥 포기할 수 없었기에, 국제 정세의 전환과 우리의 필요성을 역설하여 계속 설득하려 애썼다.

그러나 중도에 계엄령(戒嚴令)을 선포하는 원치 않은 사태까지 겪게 되어, 야당 인사(野黨人士)와 지식인들로부터 심한 비난을 받기도 했다. 그러면서 도 우리는 오직 먼 앞날을 내다보고 국가의 장구(長久)한 발전을 위한다는 신 념에서 이를 계속 밀고 나아갔던 것이다.

이러한 개방 정책(開放政策)과 더불어 하루 빨리 갖추어 놓아야겠다고 생 각한 것이 바로 국민들이 주체성을 갖고 발전에 대한 자신을 갖는 일이었다.

사실 우리 민족은 외방(外邦)으로부터 여러 차례 침략을 받았으며, 그들은 언제나 우리보다 우월한 힘과 문화를 가지고 침투해 들어 왔으므로, 마음 한구 석에는 자기도 모르는 사이에 자신을 잃고 장래에 대하여 비관적으로 생각하기 쉽고, 따라서 자부심과 희망을 갖지 못하게 되어, 자립 발전에 대한 의욕을 상실하고 절망감과 체념적인 생활 태도에 사로잡히는 수가 더러 있었다.

국민들이 이러한 태도를 버리지 못하는 한 정부가 아무리 집중적인 노력을 하고 훌륭한 정책 구상(政策構想)을 해도 그 실효를 얻기는 힘든 노릇이었다.

그러나 우리의 이러한 비생산적이고 비발전적인 태도는 선천적으로 주어진 것이 아니고, 우리의 불우했던 과거의 역사가 남겨 놓은 잔영(殘影)에 지나지 않음을 우리는 알고 있다.

우리 민족은 본래적으로는 극히 부지런하고 창조적이며, 자부심과 성취 의욕(成就意欲)이 강한 민족이었음을 우리의 역사가 보여 준 것도 우리는 잘 알고 있다.

우리의 고심은 어떻게 하면 패배 의식(敗北意識)을 불식하고 다시 주체 의식, 자립 의욕, 자부심을 되찾고 국가 발전에 대하여 강한 의지와 자부심을 갖게 하느냐 하는 데 있었다.

따라서 언론, 학원에 종사하는 지식인 또는 여론 형성(輿論形成) 지도층에 대해 기회 있을 때마다 우리는 이런 적극적인 교육적 역할(教育的役割)을 담당해 줄 것을 부탁했고, 우리의 역사 가운데에서 위대한 인물을 찾아 높이 평가함으로써, 민족의 주체성과 자부심을 지켜 나아가는 일을 게을리하자 않았다.

집권 후 정국은 그 동안 여러 번 걱정스러운 사태를 자아내기도 했으나, 한

·일 국교 회복을 마지막으로 안정의 길에 들어 섰는데, 이것은 말없이 발전을 희구(希求)해 온 우리 국민들의 눈에 경제 성장의 성과가 어느 정도 보이기 시작함으로써, 정부에 대한 전통적인 불신감이 씻어지기 시작하였기 때문이라고 생각한다.

우리는 외교면에서도 착실하게 활동의 범위를 넓혀 나아갔으며, 一九六五년 에는 역사상 초유의 국군(國軍)의 해외 파견(海外派遣)이라는 어려운 결정을 내리게 되었다.

국내적으로 여론이 찬반으로 엇갈렸으나, 여러 달을 두고 심사 숙고(深思熟考)한 끝에, 월남(越南)의 방공 안전(防共安全)이 우리의 안보와도 밀접한 관련이 있으므로, 우리의 파병이 월남의 자유인에게 용기를 줄 수 있다는 점은 물론 六·二五 때 우리를 도와 준 우방에 대한 보답도 겸하여, 국군의 파월

167

결정을 내리게 된 것이다.

물론 한편으로는 이에 수반되는 여러 가지 국가적 이해 관계도 충분히 고려

했으나 六・二五 때를 상기하면서、그 때의 一六개국의 참전 지원이 얼마나

침략군과 싸우는 데 용기를 주었는가 하는 우리들의 체험에 비추어、최종적

결정에 동의했던 것이다.

이러한 사실은 이제 소극적으로 외교면에서 국교(國交)나 맺고 무역이나 하

는 정도에 그치는 것이 아니고, 우리가 보다 적극적으로 또는 능동적으로 국

제 관계(國際關係)를 맺는 데까지 참여할 수 있다는 자신감(自信感)의 표현인

데、이러한 성격을 띤 또 하나의 사실이 「아스파」의 결성이었던 것이다.

이러한 성과는 국민들에게 큰 자부심과 주체성을 갖게 하였던 것 같고、이

것으로써도 국민들이 초기에 불신과 회의의 눈으로 보았던 정부를 차차 신임

하게 된 것 같다.

우리 민족은 지난 수백 년 동안 계속 통치자를 불신(不信)의 눈으로 보아 온

탓으로 국민이 정부를 신임한다는 것은 쉬운 일이 아니었다.

一九六七년의 대통령 선거에서 四년 전보다 훨씬 많은 표차로 승리를 거두었을 때, 나는 집권 이래 오직 경제 발전이라는 실적을 통해서 국민들로부터 인정을 받고 집권의 정당성을 얻으려던 나의 결의가 六년만에 이룩된 것을 보아 감개 무량하였다.

이제는 정국의 안정과 경제 발전의 진전과 더불어, 학원, 언론계의 지식인들도 점차 반대 성향(反對性向)이 완화되기 시작하고, 보다 국민이 주체성을 찾고 정부가 하는 일에 시시비비로 임하면서 초기의 방관에서, 차차 참여(參與)의 방향으로 전환되기 시작한 것은 반가운 일이라 아니할 수 없다.

그러나 무엇보다도 앞으로의 발전을 위해 자신을 갖게 하는 것은 국민 전체에 파급된 장래에 대한 자신, 노력만 하면 잘 살 수 있다는 확신, 각자 부지런히 자조 자립(自助自立)의 길을 찾으려는 자주 의식(自主意識), 그리고 한민족으로서의 자부심과 긍지를 갖고 지도자를 중심으로 일치 단결하고 합심 협력

169

하게 되었다는 사실이다.

이것이 단적으로 표현된 것이 一九六八년 초부터 빈번히 저질러진 북괴의 공비(共匪) 및 간첩 침투(間諜浸透)에 대하여 국민들이 보여 준 용기와 단결이며, 민주주의에 대한 헌신적 충성이라고 본다.

여러 번의 대소의 도발적 침략이 있을 때마다 지도자는 물론, 모든 국민의 반공 의식(反共意識)은 드높아 가기만 했으며, 생명을 걸고 이들과 싸워 이겼던 것이다.

이와 같이 외적(外敵)의 침투에 국민 전원이 단결하고 발전 의욕과 장래에 대하여 희망을 걸고 있는 이상, 앞으로의 발전은 마치 일단 시동(始動)을 건 차가 내리막길을 가는 것과 같은 것이라고 생각된다.

우리는 이제부터는 지난 날의 외국 의존적(外國依存的) 사대주의(事大主義), 비관적인 자조 자학(自嘲自虐)을 영원히 극복할 수 있으리라 믿어진다.

해방 후에 새로이 자라나는 젊은이들이 모두 민주 교육(民主教育)을 받아 문

맹자가 없어지고 이들이 세계 정세(世界情勢)에 눈뜨게 되어, 스스로의 사명감

을 깨닫고 계속 장래에 대하여 희망적으로 생각하고, 긍정적인 생각을 품게 되

었으므로, 우리들의 젊은이에 대한 기대도 큰 것이다.

뭐니뭐니 해도 국가 발전의 장래성은 어린이들의 마음가짐에 달려 있는 것이

다. 따라서 유능한 젊은이를 기르기 위해 우리는 우리 국민에게 교육의 이념

을 명문화(明文化)하여 알림과 동시에 모든 교육 정책을 이에 일치시키는 방안

을 모색해야 할 필요를 느끼게 되었다.

전통적으로 우리 국민은 배우려는 의욕이 어느 민족보다도 강하므로, 우리

가 바람직하다고 생각하는 교육 내용을 잘 갖추어 놓고만 있으면 민족성의 정

화(淨化)란 쉬운 일이다.

이러한 점에서 우리의 과거의 교육을 돌이켜 생각해 보면, 어떠한 국민을 키

워야 하는가에 대한 이념이 막연하거나 잘못되어, 막대한 투자와 희생을 지불

하고도 소기의 성과를 거두지 못하고, 발전을 위해 물려 받은 자랑스러운 전

통을 우리는 이용하지 못하고 낭비한 것이 많았다.

이러한 일은 정권 담당자들만의 문제가 아니며, 장기적이고도 범국민적인 것이므로, 각 분야 인사의 참여를 얻어 우리는 국민 교육 헌장(國民敎育憲章)을 근 일년의 세월을 통하여 연구한 끝에 一九六八년에 제정 공포하였으며, 여기서 우리는 주로 창의성(創意性)과 협동 의식(協同意識)을 갖고 민족으로서의 자각과 발전에 이바지하는 인간을 형성하려는 민족의 이상을 재천명(再闡明)한 것이다.

이제 앞으로의 문제는 넓은 의미의 교육 기관인 가정, 학교, 매스콤을 통해서 어떻게 효율적으로 온 국민이 헌장에 담겨진 바람직한 한국의 국민이 되게 하느냐에 있다.

멀지 않아 가능하며 구현될 것으로 예견되는 우리의 자립, 자주를 위하여 우리는 국내외의 안정을 이룩하면서 고식적(姑息的)이며 퇴폐적(頹廢的)인 심성을 불식하고, 민족의 일원(一員)으로서의 자각과 공동 운명 의식을 가지고 발전적 자세로 정치, 경제 및 기타 사회의 제 활동에 적극 참여하고, 민족의 창의적인 예지(叡智)를 총동원하여 희망찬 국가 발전을 이룩해야 하는, 우리의 七〇년대의 과제를 향해 전진해 나아가야겠다.

173

태평양의 물결

Ⅴ 태평양의 물결

1 평화의 나침반

오늘날 우리 나라에 대해서 다소의 견문을 가지고 있는 사람 중에는 간혹 우리 한국을 가리켜 분쟁의 씨를 안고 있는 위험 지대다、또는 폭발 직전의 화약고(火藥庫)다 라고 생각하는 사람이 많은 것 같다.

지난 二五년 동안 한반도의 정세 추이를 헤아려 본다면 우선 수긍이 가는 견해라고 생각된다.

二차 대전 직후 자유(自由)、공산(共産) 양 진영(兩陣營)의 다툼 속에 국토가 양단(兩斷)되면서부터 한국 산야에는 벌써 분쟁의 먹구름이 깔리기 시작했고、

177

드디어 一九五○년 六월 二五일 김 일성 북괴 집단을 앞세운 국제 공산 세력 (國際共産勢力)의 기습 남침으로, 이 땅은 하루 아침에 아비규환(阿鼻叫喚)의 전장으로 화하고 말았다.

一九五三년 七월 二七일 휴전이 성립되기는 했으나, 그 후 근 二○년 동안 대한 민국과 북괴는 준전시적(準戰時的) 긴장 상태하에 공포의 대결을 계속해 왔고, 특히 최근 들어 격심해지고 있는 북괴의 무장 공비 남파와 곁들여, 주한 미군의 감축 논의 등 일련의 사태는 혹시나 한반도에 심상치 않은 큰 일이 일어나지나 않을까 하는 의혹을 불러일으킬 만한 것이라고 본다.

한편 전문적인 학자들 중에는 우리 나라의 긴장 요인을 한국의 지정학적 여건(地政學的與件) 속에서 찾아 보려는 사람도 있는 것 같다.

일본 열도와 아시아 대륙 동북면의 일각을 연결하는 교량적 위치(橋梁的位置)를 점하고 있는 한국의 지리적 조건과 그 주변의 동태가 아마도 그러한 견해의 논거(論據)가 아닌가 생각된다.

178

이러한 견해는 역사적 사실에 의해서도 논증(論證)될 수 있을 것이다.

즉 一二三一년 대륙의 원(元)나라가 우리 나라를 침공했을 때 그들의 궁극적 독표는 한국을 발판으로 일본을 공략하자는 데 있었고, 一五九二년 임진왜란(壬辰倭亂) 때는 거꾸로 일본이 대륙 진출을 위해 이 땅을 교두보로 삼으려 했으며, 그 후 一八九四년의 청・일 전쟁(淸日戰爭)도 대륙 공략(大陸攻略)을 꿈꾸는 제국 일본과 이를 저지하고자 하는 중국의 싸움이 었고, 노・일 전쟁(露日戰爭)도 제정 러시아의 남진 기도(南進企圖)와 일본의 북진 정책(北進政策)이 자웅을 결한 결과였던 것이다.

이처럼 우리 나라는 역사적으로 세력 확장을 기도하는 주변 열강들의 각축장(角逐場)이 된 적이 한두 번이 아니었는데, 동아시아 지역의 평화와 안전은 그 때마다 중대한 도전을 받아 온 것이다.

한반도의 평화가 유린됨으로써 아시아의 평화가 파괴된 근대사의 대표적인 예로서 우리는, 一九三一년의 일본의 만주 침공과 一九三七년의 중・일 전쟁

(中日戰爭)을 상기할 수 있다.

그 후의 소위 대동아 전쟁(大東亞戰爭)의 원인(遠因)도 따지고 보면 일본이

노·청 등의 열강을 제압하고, 우리 한국을 대륙 원정의 전초지로 확보한 데

있었다고 보는 것이 옳을 것이다.

이러한 의미에서 한반도의 평화는 곧 동아시아의 평화를 좌우하는 관건

(關鍵)이라 해도 과언이 아닐 것이다.

二차 대전 후에도 한반도와 이 지역은 여전히 전란과 긴장의 회오리 속에서

벗어나지 못하였으니, 전승국으로 등장한 소련이 반도 북반을 강점함으로써 우

리의 국토가 분단되고, 一九五○년 六월 二五일 김 일성 괴뢰 집단을 앞잡이

로 삼아 남침을 감행한 데 이어 북괴가 무력 적화 통일(武力赤化統一)의 야욕

을 채우기 위해 계속 무력 도발(武力挑發)을 자행하고 있기 때문이다.

이렇듯 유구한 반만 년의 역사를 통하여 우리 민족은 한 번도 이웃을 침략한

일이 없는 평화 애호 민족의 전통을 이어 왔지만, 간단없는 주변 열강들의 각축

으로 말미암아 평화를 짓밟히고, 이 지역의 안전에 충격을 주는 위험 지대가 되어 온 것이 사실이다.

그러나 오늘날의 우리 한국은 어제의 한국과는 다르다.

전화(戰火)가 남긴 폐허 위에 개발과 건설의 초석을 다져 성장과 발전의 모범국으로 발전하고 있으며, 은둔(隱遁)의 요람을 박차고 일어나 광활한 세계 무대에 진출하여 이 지역의 평화와 안전에 공헌하려 하고 있다.

지난 한 세기, 진로를 잃은 조각배인 양 세계의 열강이 일으키는 거센 격랑(激浪) 속에서 방향없이 표류해 왔던 우리 한국은, 이제 우리의 자각적 예지(自覺的叡智)와 자주적 노력으로 이룩한 조국 근대화의 성과를 주력으로 삼아, 열국과 어깨를 나란히 하여 세계사의 진운(進運)에 능동적으로 참여하고 있는 것이다.

오늘의 아시아는 전 세기에 이 지역을 휩쓸던 제국주의의 조류보다도 더욱 거세고 험난한 공산 제국주의(共産帝國主義)의 격랑이 휘몰아치고 있다.

181

한 때 일본 제국주의가 한반도를 석권한 까닭에 아시아에서의 세력 균형(勢力均衡)이 무너지고 평화가 교란되어 드디어는 태평양 전쟁의 고난을 겪어야 했던 바와 마찬가지로, 오늘의 한반도가 만약 또 다시 공산 제국주의에 의해 적화(赤化)되는 날에는 아시아, 태평양 지역의 평화는 결정적인 동요(動搖)를 받게 될 것이다.

따라서 아시아 특히 동북 아시아의 진정한 평화는 예나 이제나 한반도의 평화에 달려 있는 것이다.

그러면 한국의 평화는 어떻게 하여 유지될 수 있는가? 그 답은 지극히 간단하다.

그것은 한국이 「힘의 진공 상태(眞空狀態)」에서 탈피함으로써, 한반도에 밀어 닥치는 열강의 물결을 막아 낼 수 있는 우리 자신의 역량, 즉 힘을 기르는 일인 것이다.

이것은 우리가 불행한 시련의 역사에서 터득한 값비싼 교훈이다.

조국 근대화에의 강렬한 우리의 신념은 그렇기 때문에 우리만이 잘 살아보 겠다는 자기 중심적인 민족지상주의(民族至上主義)의 발로가 아니다.

아시아와 태평양의 모든 나라들과 더불어 평화롭게 잘 살게 되어야겠다는 우리 국민의 의지가 조국 근대화에 대한 불과 같은 정열로 나타난 것이다.

이 길만이 우리의 숙원인 조국 통일(祖國統一)의 유일한 첩경(捷徑)이며, 한반도가 「힘의 진공 상태」에서 벗어나는 가장 옳은 방법이기 때문이다.

이런 의미에서 우리의 조국 근대화의 성패는 동아시아의 안전을 점칠 수 있 는 「평화의 나침반(羅針盤)」이라고 해도 결코 지나친 말이 아닐 것이다.

우리는 조국 근대화(祖國近代化)와 중흥 과업(中興課業)이 그 보람찬 성과를 거두어 우리의 국력 신장에 기여함에 따라 더욱 더 긴장의 해소라는 오늘의 세계 대세에 적극 참여하여야 된다고 믿는다.

우리는 종래 국제 사회에서 신축성 없는 반공 국가(反共國家)라는 그릇된 인 상을 씻고, 전진하는 승공 국가(勝共國家)의 밝은 이미지를 부식하기 위해 온갖 노력을 경주(傾注)해 왔거니와, 이러한 노력은 앞으로도 계속 밀고 나아갈 생각이다.

우리는 북괴, 중공, 쿠바와 같은 극좌모험주의적(極左冒險主義的)인 국가를 제외하고는, 비록 공산 진영(共産陣營)에 속하는 나라라 할지라도 이들 국가를 포함한 세계의 모든 나라와 우호 친선을 유지하고 통상 관계(通商關係)를 갖기로 하고 있거니와, 이것은 새 시대의 국제 조류에 능동적으로 참여하여 세계 평화의 일익을 담당하겠다는 우리의 의욕과 의지의 발로인 것이다.

근래 한국 대표가 참여하는 각종 국제 회의(國際會議)의 수효로도 그렇지만, 우리 나라에서 빈번히 개최되는 국제적 회의의 규모로 보아도 국제 긴장의 소용돌이로부터 벗어나 국제 평화(國際平和)에 적극적으로 이바지하려는 우리의 평화를 지향하는 의지와 노력은 이미 국제 사회에 잘 알려진 것으로 믿는다.

아시아의 긴장을 완화하고 그 안전과 평화를 조성하기 위한 우리의 선도적 역할은 아시아 태평양 각료 회의(ASPAC)의 창설과 운영 과정에서 두드러

184

지게 부각되었다.

오늘의 아시아 국가들은 근대화 과업(近代化課業)을 추진시키면서 공산 제국 주의의 중대한 위협(威脅)을 물리쳐야만 된다는 점에서 모두가 같은 처지에 놓여 있다.

따라서 근대화 과업을 보다 신속하게, 그리고 보다 효율적으로 추진시켜 나가는 데 있어서나, 또한 공산주의의 위협을 보다 효과적으로 이겨 나가는 데 있어서나, 아시아 국가 사이의 밀접한 제휴(提携)와 협조는 절대 필요한 것이다.

一九六六년 서울에서 발족한 아스팍은 그간 연차 각료 회의(年次閣僚會議)、경제、사회、문화 등으로 나뉘어진 부문별 회의를 통해서 아시아 지역 국가간의 이해 증진과 교류 협조를 위해 커다란 공헌을 하였거니와、이 기구가 갖는 중요성은 날로 커지고 있는 실정이다.

서울에서 아스팍이 처음으로 발족하던 자리에서 내가 강조하였듯이、그것은 「평화、자유、균형된 번영의 위대한 아시아、태평양 공동 사회」의 건설을 위한

185

것으로 「평화 혁명(平和革命)」이 주제가 되고 있는 것이다.

그러나 아시아의 평화와 안전은 월남전(越南戰)의 영예로운 해결에서부터 시작되어야 한다고 생각한다.

월남 문제(越南問題)의 영예롭고 빠른 해결을 희구한 까닭에 국군을 파병한 우리의 입장에서는 더우기 그것은 절실한 생각이다.

아시아 국가들의 협조로써 「아시아, 태평양 공동 사회」가 이룩되고 「평화 혁명」이 달성된다 하더라도, 월남전과 인지 사태(印支事態)의 「불명예로운 해결」로써 전역(全域)이 공산화(共産化)되는 날, 모든 것이 하루 아침에 수포로 돌아갈 것은 뻔한 일이다.

월남전의 「명예로운 해결」이 이루어지는 날, 우리 한국군은 지체없이 철수할 것이다.

외부 세계에의 적극적인 적응을 우리 스스로가 택하고, 이러한 자주적인 선택을 통해서 아시아, 태평양 지역의 평화와 안전을 확보 유지하려는 우리 민

186

있다.

2 평화 공존의 앞날

六○년대의 세계 정치는 평화 공존(平和共存)과 국제 다원화(國際多元化)를 특징으로 한 것이었다고 볼 수 있다.

핵무기 중심의 군비 경쟁(軍備競爭)이 종국에는 이른바 『생존자가 죽은 자를 부러워하게 된다』는 처참한 인류 공멸(人類共滅)을 자초하게 되리라는 각성이 싹트면서부터 핵 전면 전쟁(核全面戰爭)의 방지는 미·소 양국의 새로운 국가 이익으로 등장하게 되었다.

냉전기(冷戰期) 이래로 세계 정치를 좌우한 양국의 이러한 국가 이익면의

족의 결단과 노력은 서서히 보람찬 결실을 맺어 갈 것으로 우리는 확신하고

187

변화는 각기의 대외 정책과 군사 전략에도 큰 영향을 주었을 뿐만 아니라, 국제 정치의 전반에 지대한 파급 효과를 초래한 것이 사실이다.

다시 말하면 핵무기 중심의 군사적 양극화(軍事的兩極化)가 국제 정치의 다원화를 초래한 결과, 미국의 범세계적 동맹 기구가 차차 변질되어 미국은 다원화 시대에 적합한 새로운 국제 정치의 질서를 모색하기에 이르고 있다.

미·소간의 핵 교착 상태(核膠着狀態)가 양국의 대외 분쟁 개입을 억제하게 된 결과, 주변의 신생국의 자율적 행동 능력을 증진시키고 있고, 제삼 세력(第三勢力)의 국제 정치의 추세에 편승하여 양대국의 중간에서 일종의 어부지리(漁夫之利)를 노리고 있다고 논하는 사람들이 있는가 하면, 핵무기(核武器)의 효능에 관하여 『하나의 가공할 무기가 사실상 실전(實戰)에 사용될 수 없다면 그 무기의 위력은 정치적, 심리적 효능을 상실한 것이므로, 핵군비(核軍備)의 국제 정치적 효능은 저지(沮止) 및 현상 유지에 한정되며, 따라서 핵무기는 현상을 강화하는 구실을 수행한다』고 주장하는 이들도 있다.

최근 핵무기의 경이적 발전과 그 축적(蓄積)의 포화 상태에 대한 두려움은 미·소 양국으로 하여금 군비 경쟁의 완화를 위한 외교 교섭(外交交涉)을 촉구한 바 있으나, 아직 이렇다 할 성과를 보지 못한 것 같다.

그러나 양국은 국제적 분쟁(國際的紛爭)의 확대와 분쟁에의 개입을 기피하게 되었고, 국제적 긴장 완화(國際的緊張緩和)에 주로 관심을 갖게 되었다는 것은 하나의 새로운 경향으로 볼 수 있다.

비록 미·소를 주축(主軸)으로 한 국제 정치의 긴장 완화 노력이 핵무기에 내재(內在)된 저지 능력에 비롯되었다 할지라도 우리는 이 새로운 국제 정치의 일면이 인류의 평화와 복지에 기여하게 될 긍정적인 면을 받아들이는 데 결코 인색해서는 안 될 것이다.

인류의 희원(希願)은 궁극적으로 평화로운 하나의 세계 가정(世界家庭)으로 귀결되어야 하기 때문이다.

나는 평화 공존이 당초 어떤 의도에서 출발했든 간에, 현실적으로 세계 평화

189

에 기여하는 새로운 계기(契機)를 성숙시켜 나갈 것으로 확신한다.

그러나 우리는 이러한 미·소 양국의 긴장 완화에 대한 관심에도 불구하고, 일부 지역이 험난한 현실에서 벗어나지 못하고 있는 것을 직시(直視)해야 할 것이다.

세계의 어느 한 지역의 긴장 완화를 위한 견제 및 촉진책이 다른 지역에서 또 하나의 분쟁을 야기시키고 지속시키는 경우가 있는가 하면, 긴장 완화를 위한 강대국의 자제(自制)가 국제 정치의 다원화적 추세를 촉진하여 변두리 지역의 국제적 분규(國際的紛糾)를 유발하는 경우도 있으며, 분쟁의 확대를 불원하는 나머지 강대국이 모두 사태를 외면함으로써, 국제 정치의 규제 요인(規制要因)으로서의 전통적인 세력 균형의 기능이 지역적으로 마비되는 결과, 지역적 분쟁(地域的紛爭)이 장기 만성화하는 경우도 있을 것이다.

비록 평화 공존의 진전에 따라 지역적으로 볼때, 유럽에 있어서는 나토(NATO)와 바르샤바(Warsaw) 조약 당사국 사이의 해빙(解氷) 무우드의 대두에

190

서、 동서구(東西歐)의 개별 국가 사이의 양변적 국제 관계(兩邊的國際關係)의 진전이라는 방향으로 나타나고 있으며, 그러한 배경 아래 닉슨 대통령의 「협상과 평화의 시대」가 도래하고 있는 것처럼 보이기도 하지만, 동아(東亞)의 광대한 지역, 특히 동북아에서는 지역적 긴장 상태가 상존할 뿐만 아니라, 월남 등에 대한 미국의 불개입 정책(不介入政策)이 그것을 더욱 악화시킬는지도 모른다.

북괴와 같은 광신적(狂信的)이고 호전적(好戰的)인 세력에 의하여 국제 다원화(國際多元化)가 역용(逆用)되고 있는 것이, 동북아 국제 정치의 특색이라고 볼 수도 있다.

그것은 유럽 지역과는 대조적인 현상이고, 닉슨의 「협상과 평화의 시대」를 외면하는 현실인 것이다.

닉슨 정부가 발족한 이래로 월남 전쟁의 처리를 비롯하여 미국의 대외 정책、특히 동아 정책은 새 진로를 모색하면서 전개되고 있다.

「닉슨 독트린(Nixon Doctrine)」은 미국 내의 신고립주의적(新孤立主義的) 무드를 반영한 것이라고 볼 수도 있겠는데、그 골자는 동아의 지역 안정을 위하여 역내(域內) 제국의 자주적 노력을 촉구하면서、월남 전쟁과 같은 분쟁, 즉 미국의 군사력만 가지고는 결말이 날 수 없는 분쟁에의 개입을 극력 회피함으로써、아시아 지역에의 과다한 개입과 책무(責務)를 모면하려는 노력으로 나타나고 있다。

그것은 미국의 직접적 방위 전략(直接的防衛戰略)에 의존하는 역내 제국에 대하여 자주적 적응을 촉구하는 정책이기는 하지만、그러한 정책이 급작스럽게 추진된다면 그로써 야기될 지역적 「힘의 진공 상태」를 어떻게 메우느냐의 문제가 제기된다。

그러한 문제점에 대하여 「닉슨 독트린」은 제국과의 방위 조약의 의무를 이행한다고 다짐한 바 있다。

다시 말하면 아시아에서 월남 전쟁과 같은 분쟁에 지상군(地上軍)을 파견

192

하는 등의 개입은 회피하되, 모국(某國)이 핵무기로써 특정 국가를 위협한다거나, 피해 당사국이 독자적으로는 감당할 수 없는 대량 침공(大量侵攻)이 발생할 경우에는, 조약 규정에 의한 원조를 제공한다는 것이다.

그 논리를 한국에 적용한다면 六·二五와 같은 대량 침공이 발생하거나 중공 등이 핵 위협을 가해 올 경우에는 핵 저지력을 포함하는 적절한 지원을 하되, 여타의 분규, 예컨대 북괴의 부분적 도발(部分的挑發)과 침투, 교란 등에 대하여는 한국 스스로가 일차적 책임을 지고, 이에 대응해야 한다는 뜻으로 해석할 수 있을 것이다.

그러한 의미에서 「닉슨 독트린」은 한국에 대한 방위 공약(防衛公約)의 재확인인 동시에, 한국 스스로가 져야 할 방위 책임의 한계를 규정한 것이라고 볼 수 있다.

그러나 「닉슨 독트린」은 한편으로 아시아 제국의 자주(自主)와 자조(自助)를 강조하면서 경제 원조 등 일련의 지원을 다짐하기는 하였으나, 미국 내의 제반

193

사정으로 보아 아시아에서의 일본의 역할을 중요시하여, 세계 제三의 공업 국가로 등장한 일본의 정치적, 경제적, 군사적 잠재력에 대한 재평가를 전제한 것이 아닌가 생각된다.

미국의 아시아 정책이 한국의 자조와 지역적 협력 관계(地域的協力關係)의 증진을 촉구한 것은 무방하나, 한국으로서는 한·미 관계와 한·일 관계가 조화와 균형을 유지하는 것이 아시아 평화 유지에 필수적 관건(必須的關鍵)임을 강조하지 않을 수 없다.

「닉슨 독트린」과 더불어 미국은 장기적인 안목에서 중공과의 긴장 완화를 추구하는 듯 일련의 정치적 제스처를 시도한 바도 있거니와 미국의 일반적인 대중공관(對中共觀), 즉 『중공의 기본 목표는 미국을 아시아에서 몰아내는 데 있다』, 『일본이 핵무장을 함으로써 미국이 일본에서 물러나게 된다면, 중공은 일본이 핵무기를 보유하는 데 이의가 없을 것이다』, 『중공이 견지하는 전통적인 우월감으로 인하여 국제 관계를 상·하 관계로 보기 때문에, 그들에게는 종적인 국제 관계가 있을 뿐이다』 라는 등에서 보는 바와 같이, 중공의 의도를 명확하게 간파하면서도 『세계에 대한 중공의 적의가 근본적으로는 국내 정치와 사회 구조를 반영한 것』이며, 따라서 『중공의 적의의 표현은 다분히 자기 방위적(自己防衛的)인 의미를 내포』하는 것이므로, 『중공을 위협하거나 도발함으로써 중공의 과격파의 입장을 강화시켜도 안 되고, 중공이 주변 지역에 대규모 개입을 하게 함으로써 모 택동(毛澤東)의 「정치 개념(政治概念)」을 강화시켜도 안 되며, 그렇다고 아시아에서 미국이 철수함으로써 모 택동으로 하여금 인민 전쟁 전략(人民戰爭戰略)의 성공을 확신시켜도 안 된다』고 본 미국의 중공관은 아시아의 자유 제국의 각성과 결속을 촉구하기에 충분한 것이라고 하겠다.

미국의 비미국화 정책(非美國化政策)은 앞으로 아시아 지역에 관한 한, 허다한 시련과 문제점을 예견해야 할 것 같다. 한국을 둘러싼 극동의 평화는 궁극적으로 침략 세력을 견제할 수 있는 집단 안전 보장 체제(集團安全保障體

制)의 구축에 달려 있다고 본다.

우리의 경험과 유럽 지역의 예로 보아 공산주의와의 대결은 힘의 보유가 선행적인 것이며, 공산주의에 대한 인식을 올바로 가지는 것이 무엇보다도 긴요한 일이라고 생각한다.

월남 전쟁은 一九六九년 후반기부터 양상을 달리하기 시작하였다. 오늘날 축전(縮戰)과 철군 조치(撤軍措置)가 단행되고, 「닉슨 독트린」에 의거한 비미국화와 평정 계획(平定計畵)이 촉진되고 있다. 월맹측과의 파리 회담은 하등의 진전도 없었으나, 미국은 협상의 진전과 관계없이 기정 방침에 따라서 모든 문제를 처리해 나갈 심산인 것 같다. 一九七二년에 미국에서 총선거가 실시되기 이전에 미군의 대부분인 약 四三만명을 철수시킬 계획이라고 한다.

월남전의 궁극적 해결도 휴전의 성립 및 전후 월남의 정치 형태에 관한 합의, 라오스, 캄보디아, 타이 등에 대한 국제적 안전 보장(國際的安全保障)과 상기 협정의 이행에 대한 국제적 공동 감시(國際的共同監視) 등을 필수로 해야

196

할 것인데, 그러한 문제들이 해결되기에는 상황이 너무나 복잡다단하여, 상당한 기간 현재와 같은 교착 상태가 지속될 것 같다.

미군 철수에 따르는 월남군의 전투 대체(戰鬪代替)와 평정 계획 추진에 있어서 월남 정부가 얼마만큼 성과를 올릴 수 있느냐, 월남 국민이 얼마만큼 합심 단결할 수 있느냐에 따라서 월남의 장래 운명은 결정될 것이다.

월남 전쟁은 미국과 월남의 문제로서 그칠 수는 없으며, 그 동안의 경위와 성격으로 보아 우리 나라를 포함한 전 아시아의 문제요, 세계 평화의 관건이라고 볼 수 있을 것이다.

월남, 라오스, 캄보디아는 각기 분리 독립된 국가 민족이지만, 공산측은 캄보디아와 라오스 사태에서 보았듯이, 월맹 공산당의 주도하에 영역과 민족의 구분을 무시하고 단일 연합 전선(單一聯合戰線)을 견지하고 있다.

그러므로 어느 일개 지역의 분쟁이 타결된다고 해서 끝장이 날 성질의 것이 아니며, 궁극적으로는 끈기와 의지의 대결로써 승부가 가려질 수밖에 없을 것이다.

197

한국이 월남에 파병함으로써 사상 처음으로 외전(外戰)에 개입한 것도 월남전의 의의와 본질을 깊이 인식한 결과이며, 이역에서 묵묵히 소임을 완수하는 五만여 명 주월 한국군의 용전 분투는 전화(戰禍)에 시달려서 의기 소침(意氣銷沈)한 월남 국민에게 무한한 힘과 격려가 되었을 것이다.

결국 아시아 속의 자유 국가들은 서로 도와 힘을 길러 동남아 지역의 대립과 갈등을 헤쳐 나가는 지략과 용단을 부단히 갖추어 현명한 생존과 번영의 기회를 포착해야 할 것이다.

3 통일의 의지

서울에서 평양(平壤)을 향해 약 七〇킬로미터 올라가면 조그마한 촌락이 있다.

이 무명의 마을은 一九五三년 한 여름부터 갑자기 저 유서깊은 베를린시와 함께 냉전 시대(冷戰時代)의 내력을 말해 주는 유명한 고장으로 세상에 알려지기 시작했다.

그 곳이 바로 판문점(板門店)이다.

오늘날 한국을 방문하는 외국인들 중에는 많은 사람들이 이 곳을 찾고 있으며, 어쩌면 하나의 관광지로 생각하여 그 이색적(異色的)인 분위기 속에서 고달픈 여정(旅情)을 달래 보는지도 모른다.

그러나 우리 한국인에게 있어 판문점은 그야말로 단장(斷腸)의 비애가 서려 있고, 비통한 민족의 현실이 뼈아프게 새겨져 있는 원한의 지명(地名)이다.

냉전의 조건과 풍토가 서서히 변질되어 가는 동안에도 미동(微動)조차 없었던 이 판문점에는 너무나 뼈저린 민족 수난(民族受難)의 기록이 얼룩져 있다.

국토의 분단, 민족의 분열을 상징하는 판문점, 과연 이 지상의 그 어느 곳에 이 곳보다 더 비통한 이야기를 담고 있는 곳이 있겠는가?

폭 四킬로미터, 길이 二五○킬로미터의 비무장 지대(非武裝地帶)를 중심으로

分斷된 한반도에 있어서 판문점은 남과 북이 접촉할 수 있는 유일한 통로(通路)로 알려져 있다.

그러나 그 통로는 구색만을 갖추었을 뿐 통로의 구실을 하지 못하고 있으며, 대양(大洋)을 사이에 둔 것보다 더 먼 거리감을 강요하고 있다.

같은 언어(言語), 같은 역사(歷史), 같은 혈통(血統)을 이어 온 동족 사이에 일체의 교통과 통신이 두절되고 친지와 가족들이 서로의 안부조차 모르고 있건만, 이 통로는 여전히 막혀 있는 것이다.

돌이켜 볼 때 판문점이라는 이름은 六・二五 동란의 포화(砲火)가 멈추었던 바로 그 날부터 세계의 새로운 주목처가 되었다.

一백만이 넘는 한국인의 생명을 앗아가고 三십여 만의 유우엔군 사상자를 내는 가운데 근 三년을 끌어 온 전란을 종식시킨 휴전 협정(休戰協定)의 장소로 선정되고, 한국 문제의 평화적 해결(平和的解決)을 모색하는 대화의 광장으로 등장되면서 판문점은 세계의 이목과 관심을 모으기 시작했던 것이다.

그 때 자유 세계의 지도자들 중에는 한반도에 전쟁의 위험이 자취를 감추고 평화적인 통일(統一)의 계기가 마련되었다고 말하는 사람이 적지 않았다.

그러나 당시 우리 한국민들은 너 나 할 것 없이 못다 푼 통일에의 염원이 무참히 짓밟히는 크나큰 충격을 받았다.

또 휴전의 성립은, 二차 대전 후 조국 광복의 환희를 구가할 겨를도 없이 이른바 「천하 양분(天下兩分)」의 얄타 체제 아래 강요된 국토 분단(國土分斷)이 끝내 「현상 유지」의 냉전 체제(冷戰體制) 속에 영원히 동결(凍結)되지 않나 하는 의구심마저 불러일으켰다.

이러한 우리의 충격과 의구심은, 유우엔 사상 처음으로 조직된 유우엔군이 총회의 결의에 의해 「침략자(侵略者)」로 규정된 북괴군과 중공군을 응징하지 못한 채, 한국의 완강한 반대를 무릅쓰고 그들과 휴전 협정을 체결하고 말았기 때문에, 더욱 크지 않을 수 없었던 것이다.

불행하게도 우리 국민의 이러한 예측은 하나의 사실로 고정되고 말았다. 통

201

일을 향한 우리 국민의 열망이 절실해지면 절실해질수록 분단의 상처는 더욱 더 만성화(慢性化)되어 가고 있는 것이다.

물론 그 동안에도 국제적으로나 국내적으로 이 비극적인 국토 분단을 종식시키기 위한 노력이 없었던 것은 아니다.

이 회담은 一九五三년 八월 二八일 제八차 유우엔 총회가 한국 휴전 협정 체결(韓國休戰協定締結)을 승인하고, 동 협정 제 六○항에 의거한 정치 회담 개최를 환영하는 결의를 채택함에 따라, 한국 및 一六개 유우엔 참전국(參戰國)과 소련, 중공 및 북괴 대표의 참석리에 열렸다.

一九五三년 七월 二七일 판문점에서 휴전이 성립된 후 한국 통일 논의(韓國統一論議)는 一九五四년 四월 二六일부터 제네바 정치 회담으로 무대를 옮겼다.

이 회담에 임하는 연합국 대표들은 합리적인 한국 문제 해결을 위하여 다음과 같은 원칙을 제시했다.

즉 첫째, 유우엔의 통한 문제(統韓問題) 취급의 권한과 자격을 인정해야 하

202

며, 유우엔이 문제 해결의 주동적 역할을 해야 한다.

둘째, 남북한 인구 비례 대표제(南北韓人口比例代表制)에 의한 진정한 자유 총선거(自由總選擧)를 실시해야 한다.

세째, 유우엔군은 통일, 독립된 민주 한국의 수립에 의해 유우엔의 사명이 완수될 때까지 한국에 계속 잔류해야 한다.

이러한 기본 원칙은 一九四七년 이래 유우엔이 계속 지지한 제 원칙과 일치하는 것이었다.

한국은 동 정치 회담의 성공과 참전 一六개국의 권고를 감안하여 「유우엔 감시하의 남북한 인구 비례 자유 총선거」를 내용으로 하는 통한 원칙(統韓原則)을 정부 방침으로 공식화시키고, 이를 동년 五월 二二일 ᄀ二四개 조항의 한국측 제안」으로 제시했다.

그러나 이러한 합리적인 제안에 대해 북괴 대표는 끝끝내 그들이 제시한 三개항의 통한 방안(統韓方案)에서 유우엔군의 철수와 중립국 감시 위원단(中立

203

國監視委員團)에 의한 선거 감시를 주장했다.

회의는 공전(空轉)을 되풀이하였고 마침내 한국 동란 참전 一六개국은 六월

一五일에 공동 선언(共同宣言)을 발표했다.

이 선언은 一九五三년의 휴전 조인(休戰調印) 때, 워싱턴에서 발표하였던

한국 정전(韓國停戰)에 관한 一六개 참전 국가 대표의 공동 정책 선언을 보다

구체화한 것이었다.

즉 워싱턴 선언은 휴전 협정의 각 조항을 충실히 이행하고, 통일, 독립된 민

주 한국의 수립을 요청하고 있는 원칙에 입각하여, 한국 문제의 공평한 해결을

달성하기 위한 유우엔의 노력을 지지한다는 내용이었는데, 六·一五 선언은

통일, 독립된 민주 한국의 수립을 위하여 유우엔 감시하의 진정한 자유 선거(自

由選擧)를 실시하며, 이와 같이 하여 선출된 국회 의원은 남북한의 인구에

비례하여 대표된다는 것을 골자로 하고 있는 것이다.

ㅡ 휴전을 고비로 다시 활발해진 듯 보였던 통일 논의는 북괴의 김 일성과 기타

공산측의 방해로 결실을 보지 못한 채, 결국 제자리로 돌아가 다시 유우엔에 계류(繫留)되고 말았다.

한국 문제 해결을 위한 국제적인 노력이 처음으로 유우엔에 이관(移管)된 것은 一九四五년 一二월 二七일의 「모스크바 삼상 회의(三相會議)」의 결정에 따라 개최된 「미·소 공동 위원회(美蘇共同委員會)」가 一九四七년 五월에 결렬된 데 뒤이어, 「한국 독립에 관한 문제」가 제二차 유우엔 총회의 의제로 채택된 때부터라고 할 수 있다.

결국 한국 문제는 모스크바 협정, 미·소 공위(美蘇共委), 유우엔, 판문점, 백림 사상 회의(伯林四相會議·一九五四·二·二三), 제네바 정치 회담을 차례로 일순(一巡)한 다음 다시 一九五四년에 유우엔 무대로 되돌아 간 셈이다.

우리는 한국 문제 해결을 위한 유우엔의 노력을 높이 평가하고 있다.

유우엔은 一九四八년 一二월 一二일의 제三차 총회에서 대한 민국 정부가 한 반도에서의 유일한 합법 정부(合法政府)임을 선언했다.

205

一九五○년 六월 二五일 북괴가 한국에 대해 기습 남침을 자행해 오자、유우엔은 유우엔 사상 최초로 침략자에 대한 군사적 제재(軍事的制裁)를 가하고 집단 안전 보장 조치를 취하였다。

그리고 동년 一○월 七일에는 무력에 의한 유우엔군의 북한 진주(北韓進駐)를 승인하는 동시에 한국의 통일 부흥 임무 지원(統一復興任務支援)을 위해 「언커크(UNCURK)」를 조직 파견하고、전쟁 피해 복구를 돕기 위한 특수 기관으로서 「운크라(UNKRA)」를 설치하였다。

이러한 일련의 유우엔의 노력은 비록 북괴와 중공의 훼방(毀謗)으로 소기의 결실을 보지 못하기는 하였으나、통일을 위한 절호의 기회였던 것으로서 지금도 우리 국민들은 일말(一沫)의 아쉬움과 함께 무한한 감사를 느끼고 있는 것이다。

그러나 그 이후 유우엔에서의 통한 접근은 답보 상태(踏步狀態)에 빠지고만 느낌이다。

一九五五년 二二월 八일 자유 중국이 유우엔 안전 보장 이사회에 제출한 뒤를 이어 몇 차례 시도되었던 「한국의 유우엔 가입 촉진에 관한 결의안」은 그 때마다 소련의 거부권 행사(拒否權行使) 앞에 좌절되면서, 한국 문제 해결에 접근하는 유우엔의 태도에는 변화가 일어나기 시작했다.

해마다 대한 민국 정부 대표만이 초청되었던 유우엔에 기상 변화가 일어났다. 중공 의석 문제(中共議席問題)에 대한 표결에서 의외로 찬동 지지하는 층이 증가된 새로운 경향이 나타난 것이다.

유우엔에서의 한국 통일 문제는 미국을 위시한 서방 제국(西方諸國)이 유우엔에서 절대 다수를 장악하고 있던 一九五九년까지는 아무런 난관없이 그 기본 입장을 유지할 수 있었다.

그러나 아아(亞阿) 신생 독립국들이 이른바 비동맹국(非同盟國)의 중립 노선(中立路線)을 취하여 독자적인 거점을 굳히고, 힘과 정치의 논리가 아니라, 도의와 설득의 이론만이 국제 분쟁을 해결할 수 있다는 제삼 세력(第三勢力)이

207

기치를 들고 대거 유우엔에 가입한 一九六〇년을 분기점으로 하여, 유우엔의 세력 분포(勢力分布)는 새로운 양상을 띠게 되었던 것이다.

그 결과 유우엔에서의 한국 문제는 많은 시련을 겪게 되었다.

즉 제一五차 유우엔 총회 때부터 한국 문제에 대한 유우엔의 기본 태도를 밝히는 통한 결의에 대한 찬성 득표율(贊成得票率)은 회원국 증가와는 반비례로 현저한 체감 경향(遞減傾向)을 나타냈다.

그리고 「유우엔의 권위와 권능을 수락」하는 조건부이기는 하나, 북괴 대표를 유우엔에 초청하자는 「스티븐슨」미국 대표의 수정안(修正案)이 제기됨에 이르러서는, 실제 문제인 통한 문제 외에 대표 초청(代表招請)을 둘러싼 절차 문제가 중요한 문제로 등장하게 되었다.

그러나 그뿐이 아니다.

인도네시아 대표는 제一六차 유우엔 총회에서 『한국 문제 해결의 새로운 접근책으로서 제네바와 같은 중립 지점에서 유우엔 주최하에 관계국 국제 회의를

하자」고 발언한 데 이어, 제一八차 총회에서는 『통한 문제는 지금까지의 유우

엔의 노력에 불구하고 아무런 진전이 없음에 비추어, 유우엔 밖에서 중립 국가

감시하에 남북한 대표간의 직접 협상(直接協商)을 통하여 해결하자」는 내용

의 교착 타개론(膠着打開論)을 전개하였다.

이 밖에도 제一七차 유우엔 총회 때 『주한 유우엔군을 비동맹 중립 제국(非同

盟中立諸國)의 군대로 대체하고, 언커크를 남북한 정부(南北韓政府)가 수락할

수 있도록 개편하자」는 캐나다 제안과, 『한국 통일에 합의를 볼 수 있도록 노력

할 특별 회의를 소집하자」는 이라크의 제의, 그리고 『현재까지의 방안으로는

한국 문제 해결이 불가능함에 비추어 총회가 새로운 해결책을 인정해야 한다」

는 튀니지와 실론의 발언 등 미묘한 움직임이 서서히 표면화되었다.

이러한 일부 친공 중립 국가(親共中立國家)들의 치밀한 움직임은 一九六七년

에 들어서면서부터 더욱 활발해진 북괴의 대아아(對亞阿) 중립국 침투 공작에

뒷받침되어 제二二차 총회에서도 한층 더 노정(露呈)되었다.

209

즉 이들은 공산국과 더불어 남북한 대표 동시 초청안(南北韓代表同時招請案)

과 유우엔군 철수안, 언커크 해체안의 공동 제안국이 되었으며, 관계 국가 회

의 소집과 한국 문제 삭제안 제출에 앞장섰다.

그런데 이와는 대조적으로, 일부 자유 우방 국가 특히 유우엔 참전국들 사

이에 한국 문제를 소원(疎遠)하는 경향을 보이기 시작했다.

즉 호주, 캐나다, 뉴우지일랜드 등의 영연방 국가(英聯邦國家)들의 한국 문제

연례 자동 상정 재고 권유(年例自動上程再考勸誘), 一九六六년 八월 一一일 칠

레의 언커크 탈퇴 통고, 같은 언커크 회원국인 파키스탄의 탈퇴 의사 표시, 그

리고 유우엔 통한 결의안 공동 제안국(統韓決議案共同提案國)으로부터의 일부

참전국의 이탈 현상 등이 바로 그것이다.

프랑스와 그리이스는 제二○차 총회 때, 그리고 터어키는 제二二차 총회 때

참전국 그룹에서 탈락하였고, 캐나다도 탈퇴 의사를 표시하기에 이르렀다.

이처럼 유우엔은 한국의 통일 문제 해결을 위해 二○년이 넘는 오랜 기간에

걸쳐 꾸준히 노력해 왔다.

이러한 유우엔의 노력은 비록 미흡한 결과에도 불구하고 인류의 양식(良識)과 지성(知性)의 지지와 성원을 받고 있다고 믿는다.

우리 한국은 독립의 시기로부터 유우엔의 협조를 받아 온 이래、분단과 동란이 겹쳤던 시련기에 줄곧 유우엔과 끊을 수 없는 인연을 맺어 왔다. 우리가 국토를 통일함에 있어서、유우엔에 일차적인 기대를 걸어 온 것은 이러한 인연에 기인한 것이다.

그렇다고 해서 우리에게 결코 민족 통일(民族統一)을 위한 자주적 노력이 없었던 것은 아니다. 오히려 우리는 지난 四반 세기 동안 꾸준히 통일을 위한 자주적이며 평화적인 노력을 경주해 왔다.

다만 우리의 평화적인 통일 노력(統一努力)은 수많은 난관과 장애에 부딪쳐 지금까지 이렇다 할 진전을 보지 못하고 있는 것이다.

그 중에서 가장 큰 장해가 반도의 북반에 도사리고 있는 김 일성과 그 일당

211

의 민족 반역 집단(民族叛逆集團)이다.

그들 광신적이며 호전적(好戰的)인 공산 집단(共産集團)은 一九四五년 八월 一五일의 조국 광복의 벽두에서부터 전 한반도를 폭력으로 적화하기 위해서 갖가지 도발을 자행해 왔다.

그것이 가장 구체적으로 또 본격적으로 나타난 것이 바로 一九五○년 六월 二五일 새벽에 기습 남침으로 시작된 한국 동란이었다.

그들은 一九五三년 七월 二七일에 성립된 휴전 협정을 위반하고 지난 二○년 동안 무려 七천 八백여 건이 넘는 무력 도발(武力挑發)을 자행해 왔고, 一九六七년 이른 봄부터는 무수한 무장 공비(武裝共匪)를 남파시켜 우리의 농촌과 도시에서 『나는 공산당이 싫어요』라고 절규하는 나어린 소년까지 무참히 살육(殺戮)하는 천인 공노할 만행을 자행하고 있는 것이다.

참으로 김 일성과 그 도당은 마땅히 인간의 양심과 역사의 준엄한 심판을 받아야 할 전범자(戰犯者)들이다.

212

그러나 무엇보다도 더욱 가증(可憎)스러운 것은 삼척 동자도 속일 수 없는 그 엄연한 만행의 책임을 우리 한국과 자유 세계에 전가(轉嫁)시키려는 뻔뻔스러운 행동을 되풀이하고 있다는 사실이다.

그들은 유우엔에 의해 「침략자」로 낙인이 찍혀 세계의 지탄을 받고 있음에도 불구하고, 六·二五 동란을 우리 한국이 도발한 것이라고 생트집을 하고 있다.

그들은 우리의 휴전선을 침범하여 유우엔군을 살상하고도 오히려 유우엔군이 도발했다고 황당무계(荒唐無稽)한 소리를 뇌까리고 있으며, 무장 공비를 남파시켜 파괴와 살인과 방화를 일삼으면서도 그것을 한국에 있어서의 민중 봉기 운운하는 샛빨간 거짓말을 하고 있는 것이다.

그러나 그뿐인가.

김 일성과 그 일당은 지난 二○여 년 동안 온갖 전범 행위(戰犯行爲)를 자행하면서도 그러한 만행의 전후에는 반드시 평화의 가면을 쓰고 이른바 평화 선

213

전(平和宣傳)을 되풀이하고 있다.

그때그때의 상황에 대한 치밀한 분석과 타산 밑에 언필칭 평화 통일(平和統一)이니, 남북 협상(南北協商)이니, 연방제(聯邦制)니, 남북 교류(南北交流)니, 심지어는 대한 지원(對韓支援)이니 하는 그럴싸한 낱말들을 주문(呪文)처럼 외고 있는 것이 바로 그것이다.

김일성과 그 일당은 대한 민국 수립 직후에 미·소 양군의 철수로 한국에 「힘의 진공 상태」가 조성되어 있는 틈을 타서, 무력에 의한 적화 통일(赤化統一)을 강행하고, 소련 원조하에 군비 증강에 광분하면서 이를 은폐하기 위해 소위 최초의 평화 통일 공세(平和統一攻勢)를 전개했다.

즉 一九四九년 六월 二五일 평양(平壤)에서 소위 남북한 七一개 정당、사회 단체 참석리에 결성되었다는 「조국 통일 민주주의 전선(祖國統一民主主義戰線)」은 동년 六월 二八일에

① 조선 인민 자신에 의한 통일 사업의 추진

214

② 미군 및 유우엔 한국 위원단의 즉시 철퇴

③ 입법 기관 구성을 위한 남북 조선 총선거 실시

④ 총선거에 의하여 수립된 입법 기관은 조선 공화국 헌법을 채택하여 정부를 구성

⑤ 통일 정부에 의한 남북 조선 군대의 통합 등을 내용으로 하는 통일 방안을 내놓았다.

그러나 김 일성과 그 일당은 바로 일 년도 못 되어 六·二五 동란을 도발하였으니, 전기한 평화 공세는 그들 스스로가 저지른 전범 행위를 은폐하고, 그 책임을 전가해 보려는 적반하장(賊反荷杖)의 흉계임이 드러나고 말았다.

一九五三년 휴전이 성립된 후 주로 중립국 감시하의 남북한 총선거 통일을 주장해 오던 김 일성은 一九六〇년대에는 느닷없이 이른바 자주적 평화 통일 선전 공세를 들고 나왔다.

이 때에 김 일성이 제시한 것이 그들의 소위 삼단계 통일 방안(三段階統一方

215

案)이라는 것이다.

그것은 제一 단계로서、주한 미군의 철수와 남북한 무력 불가침(南北韓武力不可侵) 및 평화 협정의 체결、그리고 쌍방 군대를 一○만 이내로 감축시키고 남북한의 경제 문화 교류(經濟文化交流)를 개시하자는 것이고、

제二 단계로서 남북한의 정치、사회 제도를 그대로 유지한 채 연방을 형성하고 쌍방 정부의 대표자로서「최고 민족 위원회(最高民族委員會)」를 구성하자는 것이며、

제三 단계로서 일체의 외세의 간섭없이 자주적으로 남북한 총선거를 실시하여 통일 중앙 정부(統一中央政府)를 수립하자는 것이다.

그러나 이것은 급격히 변동하는 국제 정세와 四·一九 이후 노정된 한국에서의 소란한 통일론(統一論)에 편승 역이용하여、소박한 일부 사람들의 감상적 통일론을 유발함으로써、대남 교란 공작(對南攪亂工作)을 촉진하고 국제 여론의 오도를 노리는 김 일성과 그 일당의 간사한 술책에서 나온 것이란 점을 잊어서는 안 된다.

김 일성과 그 일당이 전개한 이러한 평화 공세가 처음부터 위장이며 기만이라는 보다 확실한 증거는、六〇년대 후반에 이르러 한국의 발전상이 두드러지게 나타나고、우리의 승공 체제(勝共體制)가 그 어느 때보다도 강화되자 또다시 태도를 표변(豹變)하여 혁명 통일 일변도(革命統一一邊倒)로 그들의 본색을 그들 스스로 폭로하고 있는 사실에서 찾을 수 있을 것이다.

즉 一九六八년 一월 二一일 일단의 무장 공비를 서울에 남파시킨 이후부터 김 일성은 드디어 폭력을 앞세우면서 협상을 말하던 회색 야누스의 가면을 벗어던지고 무력 적화 통일(武力赤化統一)의 적색 마각(赤色馬脚)을 드러내고 만 것이다.

이 허위와 기만에 찬 김 일성의 거짓 꾸밈을 그대로 믿는 사람이 이 지구상에 과연 몇 명이나 있겠는가?

폭정과 불의에 대결한 양심과 자유의 승리로 기록된 인류의 문명 사상 과연 그 어느 독재자가 김 일성 이상의 광태를 연출하였겠는가?

무릇 오늘날의 공산주의의 정치 체제가 기본 인권의 유린과 철의 기율에 의한 전제주의적 일당 독재(專制主義的 一黨獨裁)라는 것은 주지의 사실이다.

그 중에서도 북괴의 김 일성 체제는, 같은 공산권 내에서조차도 빈축과 경계의 대상이 되고 있는 전형적인 극좌모험주의(極左冒險主義)와 역사 위조를 일삼는 개인 신격화가 판을 치는 폐쇄 사회(閉鎖社會)인 것이다.

오늘의 한반도 북반은 그러한 전횡(專橫)과 공포가 협쓰는 가운데 전쟁 준비에 광분하는 하나의 병영(兵營)으로 화하고 말았다.

지난 一〇여 년 동안 전쟁 준비에 광분해 온 김 일성과 그 일당은 소위 전국토의 요새화(要塞化), 전 인민의 무장화(武裝化), 당 간부의 군대화(軍隊化), 전군의 간부화(幹部化)를 이미 완료하고 一九七〇년대 초는 무력 적화 통일의 결정적 시기라고 공언하면서 남침의 기회를 노리고 있는 것이다.

우리는 지금 그렇듯 역사와 민족, 천륜(天倫)과 양심을 외면한 흉악한 무력 도발 집단과 대치(對峙)하여 통일 문제를 다루어야 하는 어려운 상황에 처해 있다.

여기에 우리 민족의 비원인 조국 통일의 난관이 있는 것이다.

그러나 국토 통일이 아무리 절실한 우리 민족의 비원이요, 국가의 지상 목표 (至上目標)라 하더라도 동족 상잔(同族相殘)의 피비린내나는 전쟁만은 어떠한 일이 있더라도 피해야 한다는 것이 우리의 신념이다.

그리고 통일의 길이 아무리 험난하다 하더라도 초조(焦燥)나 체념(諦念)을 경계하면서, 꾸준한 인내와 양식을 발휘해서 평화적으로 해결지어야 한다는 것이 우리의 기본 입장이다.

분명히 우리 대한 민국은 전쟁의 수단에 호소해서 남북 통일을 성취할 의도는 추호도 없다.

그러나 우리가 원하든 원치 않든 간에 만약에 김 일성 일당의 전범 집단(戰犯 集團)이 끝내 무력 적화 통일의 야욕을 버리지 못하고 또 다시 六・二五와 같은

219

전면 전쟁(全面戰爭)을 도발해 왔을 때 우리는 어떻게 할 것인가?

여기에 대한 우리의 결심은 확고하고 부동하다.

우리는 모든 것을 송두리째 희생하는 한이 있더라도 일보의 후퇴나 양보를 하지 않을 것이다.

이 때는 군과 민, 전방(前方)과 후방(後方)의 구별없이 전국민이 한 덩어리가 되어 최후의 결단을 짓겠다는 각오로써 최후의 일각, 최후의 일인까지 싸워서 통일의 계기를 마련할 것이다.

우리는 이러한 사태가 절대로 일어나지 않기를 원하고 있다.

나는 한국의 통일을 평화적인 방법으로 달성하기 위해서는 무엇보다도 먼저 남북한의 현 긴장 상태 완화(緊張狀態緩和)가 선행 과제가 되어야 한다고 믿고 있다.

그것은 김 일성과 그 일당이 케케묵은 폭력 혁명(暴力革命) 이론과 전술에 사로잡혀, 지금과 같은 침략적이며 도발적인 행위를 계속하고 있는 한, 평화적인 통일에의 접근은 전혀 불가능하기 때문이다.

그리고 우리 한국은 민주적인 방법으로 통일이 달성되려면, 세계 여론(世界輿論)과 인도적 양심(人道的良心)을 대변하는 유우엔의 보장과 감시하에 민주적 총선거 형식을 밟아야 한다고 믿고 있다.

따라서 지금이라도 김 일성 집단이 무장 공비 남파 등 모든 전쟁 도발 행위를 즉각 중지하고, 소위 『무력에 의한 적화 통일이나 폭력 혁명에 의한 대한 민국의 전복(顚覆)을 기도하던 종전의 태도를 완전히 포기한다』는 것을 내외에 명백히 선언하고, 이를 행동으로 실증하고 있다는 것을 우리가 확실히 인정할 수 있고, 또 유우엔에 의해서도 명백하게 인정될 경우에는, 우리는 인도주의(人道主義)에 부합(符合)하고 평화 통일의 기반 조성에 도움이 된다고 판단되는 획기적이고도 가장 현실적인 조치를 취할 용의를 가지고 있다.

그리고 북괴가 한국의 민주 통일 독립과 평화를 위한 유우엔의 노력을 인정하고 유우엔의 권위와 권능을 수락한다면, 유우엔에서의 한국 문제 토의(韓國

221

問題討議)에 북괴가 참석하는 것도 굳이 반대하지 않을 것이다.

그러나 북괴는 이 두 가지 선행 조건(先行條件)을 전면적으로 거부하고 나왔다.

대한 민국의 평화적인 통일 노력에 대해 악의에 찬 욕설과 비방, 그리고 무력 도발을 위장하는 평화 공세를 더욱 더 강화하고 있는 것이다.

나는 김 일성 일당이 이처럼 무모한 행동으로 나오는 데는 몇 가지 이유가 있다고 본다.

첫째로, 김 일성과 그 일당은 전쟁 도발(戰爭挑發)과 무력적 침략(武力的侵略)을 존립의 전제 조건으로 하는 독재 체제(獨裁體制) 위에 군림하고 있다는 사실을 들 수 있다.

즉 김 일성은 지금 체제의 안정 유지를 위해서 국민의 불평이나 불만을 밖으로 돌리고, 이를 합법적으로 배출하기 위해 부단한 침략 도발을 감행해야 할 필요성에 직면해 있으며, 북한 주민에게 전쟁과 침략에 관련된 위기 의식(危

機意識)을 주입함으로써, 자체 내의 모순과 부조리(不條理)를 위장하지 않을

수 없는 상태에 있다는 사실이다.

멀리 六·二五 남침은 고사하고라도 최근 프에블로호 강제 납북 사건(强制拉
北事件)이라든가, EC 121 미 정찰기 사건에서 보는 바와 같이, 조작(造
作)된 만행으로 부단한 위기 의식을 조장함으로써, 체제의 안정을 유지하기에
급급하고 있다는 것은 이미 잘 알려진 사실이다.

둘째로, 김 일성 일당의 성격적 요인을 들 수 있다.

김 일성 도당은 그 어느 공산 독재자들보다도 폭력 혁명에의 광신도들이며,
잔악하고 포악한 숙청(肅淸)과 살인으로 전후 二○여 년간 권력을 유지해 온
자들이다.

피와 살육을 통한 폭력 혁명과 교 조주의(敎條主義)에 마비된 케케묵은 낡은
폭력 혁명가들인 것이다.

공산 세계를 풍미(風靡)하고 있는 자유화(自由化)가 북한에서는 좌절되고,

223

오히려 보다 악랄한 독재 체제에의 복귀가 재현(再現)되고 있는 것만 보아도, 이들의 권력 유지 방법이 얼마나 잔악하고 포악한 것인가는 누구나 쉽게 짐작할 수 있을 것이다.

현재 북한에서는 극도로 김 일성 개인의 우상화(偶像化)가 강요되기 때문에 김 일성을 견제할 세력이란 존재하지 않는다.

견제 능력을 상실한 독재 집단에는 오직 광기(狂氣)만이 차 있을 뿐이다.

김 일성의 극좌모험주의는 이러한 의미에서 매우 위험한 존재임은 두 말할 나위도 없다.

자기 생전에 무력으로라도 통일을 해야 한다는 개인적인 야욕은 한 걸음 나아가 이성(理性)을 상실한 나머지, 오산(誤算)에 의한 전쟁 도발이 없으리라는 아무런 보장이 없다.

따라서 김 일성을 중심으로 한 몇몇 극렬 폭력 혁명론자들이 북한에 도사리고 있는 한, 한반도에 있어서의 긴장은 완화되기 힘들다고 생각되며, 침략과 전쟁 수단(戰爭手段)이 통일에 남용될 가능성은 여전히 남아 있는 것이다.

그러면 통일의 기회는 아주 먼 장래에 속한 일일까?

나는 그렇게 비관적으로 생각하지는 않는다.

우리는 반드시 통일의 시기가 앞당겨질 돌파구가 생기리라고 믿고 있다.

즉 북한에 있어서도 필연적으로 닥쳐올 자유화의 물결이 바로 그것이다.

공산 진영에 있어서의 자유화의 물결은 그 어떤 독재자 개인의 아집(我執)

과 횡포로써 막기에는 너무나 큰 역사의 조류라고 나는 판단하고 있다.

이러한 대세로 말미암아 김 일성 일인 체제(一人體制)가 동요하게 되는 날

에는 그가 개인 우상화(個人偶像化)로 굳혀 놓은 전쟁 준비 체제는 필연적으로

변질될 것은 명약관화한 일이다.

그렇게 되면 아무리 호전적이며 광신적인 김 일성 집단이라고 하더라도, 미

처 실력을 겨루어 보기 전에 이미 결정된 대세로 말미암아 무력 침공(武力侵

攻)이나 적화 통일의 망상(妄想)을 근본적으로 수정하지 않을 수 없을 것이

225

고, 평화적인 통일의 길을 택하지 않을 수 없게 될 것이다.

한국의 평화적, 민주적 통일이 본격적으로 논의될 수 있고 단계적으로 실천에 옮겨질 수 있는 때는 바로 이 때가 될 것이다.

그리고 이 시기는 우리의 주체적 역량(主體的 力量)의 충실과 국제적 여건(國際的 與件)의 성숙이 기약되는 그러한 시기와 일치할 것으로 우리는 전망하고 있다.

이러한 의미에서 통일의 관건은 바로 북한의 자유화가 내부적으로 얼마나 앞당겨지고, 얼마나 현 체제가 상대적으로 수정된 체제로 전환할 수 있는가에 있다고 할 수 있다.

우리는 이 시기를 기다리고 있다.

그렇다고 해서 우리는 안일하게 현상 유지에만 급급하려는 것은 결코 아니다. 우리의 자유를 신장시키고 우리의 번영을 확대시키는 노력을 계속하여, 민주주의가 공산 독재보다 잘 살 수 있다는 것을 보여 주는 선의의 경쟁에서의

226

승리를 과시함으로써, 김 일성과 그 일당의 반성을 촉구해 나아갈 것이다.

그러나 우리는 김 일성 체제의 도괴(倒壞)를 촉진시키기 위하여, 동족 상잔의 불륜한 방법은 결코 쓰지 않을 것이다.

인류의 양심에 우리의 기본 입장(基本立場)을 밝히고 의연(毅然)한 자세로 민주 평화의 통일 이념(統一理念)의 관철을 위해서 성의있게 노력하려고 한다.

나는 공산주의자들의 무력과 폭력에 의한 통일 방안이 반드시 실패할 것을 확신한다.

동족 상잔을 걸고서라도 정치의 목적을 달성하려는 것은, 전통적 동양 사상에 전면적으로 배치되는 부도덕과 불륜을 대표하고 있기 때문이다.

동양에서는 자고로 정치의 요체(要諦)를 「인(仁)」으로 보고 있다.

「인」은 자비(慈悲)와 포용(包容)을 내포하는 것으로서 철저한 무력과 폭력의 배격 사상(排擊思想)이다.

지금도 한국민에게는 이 뿌리 깊은 「인」의 사상이 그들의 사고와 행동을 지

227

배하고 있으며, 지도자에게 요청되는 선결 이념(先決理念)으로 내재하고 있다.

지금이라도 김 일성 일당이 스스로 동양적 전통과 민족적 양심을 되찾는다면

한반도의 긴장과 먹구름은 서서히 걷힐 일말의 기대를 나는 걸어 본다.

김 일성 일당이 참으로 조국의 평화 통일(平和統一)을 위한다면 마땅히 그래야 할 것이다.

한국 국민은 유구한 역사를 통하여 중대한 국가적 위기(國家的危機)를 당할 때마다 강인한 생명력(生命力)과 끈기있는 인내력을 발휘하여 이를 모두 극복한 민족이다.

그래서 우리는 좌절과 절망을 거부하고 낙관과 진취(進取)의 기상(氣像)을 이어 온 민족임을 자부하고 있다.

통일의 전도에는 많은 시련이 예상되고 있다. 그러나 우리 민족의 전통적인 그 강인한 생명력은 다가올 시련의 앞날에 반드시 희망과 자신의 용기를 불러 일으켜 줄 것이다.

228

통일은 오늘에 사는 우리 세대가 기필코 완수해야 할 역사적 사명(歷史的使命)이다.

우리는 영광된 통일 조국(統一祖國)을 우리의 후손들에게 반드시 물려 주어야 한다.

뜻이 있는 곳에는 길이 있는 법이다.

통일의 의지가 빛나는 곳에 통일의 길은 반드시 열리고 말 것이다.

희망과 자신을 가지고 인내와 용기를 발휘하여 험준한 준령을 헤치고 전진해 나아가야 한다.

반드시 통일의 새날은 밝아 올 것이다.

중단없는 전진

Ⅵ 중단없는 전진

1 끊임진 도전

우리 민족은 지금 민족 중흥(民族中興)의 역사적 시대(歷史的時代)에 참여하고 있다.

우리의 불행했던 과거를 청산하고 오도(誤導)된 역사를 다시 바로 잡으며, 새로운 결단과 각오로 민족의 중흥을 이룩해 나아가야 할 전진과 개혁의 시대에 참여하고 있는 것이다.

우리의 체험(體驗)이 절실했던 것만큼 새롭게 움트는 우리의 이상도 절실하고, 우리의 방황과 고뇌가 진정 깊고 아팠던 만큼 건설과 도약(跳躍)을 향한 우리의 의지와 집념(執念)도 깊고 뜨겁다.

우리의 이상과 목표는 뚜렷하다. 정치적으로 완전한 자주적 주권 국가(自主的主權國家)를 확립하고, 경제적으로 국민의 품위있는 생활을 보장하는 번영 사회(繁榮社會)를 이룩하며, 우수한 민족 문화(民族文化)를 더욱 발전시켜 국민 모두가 긍지(矜持)와 지혜와 사랑 속에서 살 수 있고, 분단된 국토를 통일하여 실지(失地)에서 자유를 빼앗긴 동족에게 자유를 찾아 주는, 이러한 것들이 바로 우리가 달성해야 할 확고한 이상인 것이다.

이러한 우리의 이상은 우리 민족의 마음 속에 꾸준히 이어져 내려 왔다. 우리의 이상은 갖은 질곡(桎梏) 속에서도 질식되지 않고 꿋꿋하게 그 명맥을 이어 왔으며, 욕된 현실적 시련 속에서도 끝내 꺾이지 않고 묵묵히 오늘의 시점을 향해 전진해 왔다.

인내(忍耐)와 자제(自制) 속에 항상 질서를 존중해 온 한국 민족이었지만, 그러나 용서할 수 없는 현실의 질곡에 대해서는 언제나 이상을 앞세워 가차없

234

이 대결(對決), 응징(膺懲)하는 것을 서슴지 않았다. 이러한 민족의 엄청난 에너지가 새로운 창조력(創造力)의 원천으로 등장하기 시작한 것이 바로 六○년대였다.

국민의 의식 속에 가라앉아 있던 우리 민족의 이상이 새로운 자각으로 응결(凝結)되어 드디어 현실의 표면으로 떠올랐고, 이것은 또한 七○년대를 향해 전진을 계속하고 있는 것이다.

정치적 자주성을 획득하고 경제적 자립(經濟的自立)과 국민 복지(國民福祉)를 실현하며 민족 문화의 창달을 꾀하고 민족 통일을 완수하는 우리의 역사적 대과업(歷史的大課業)은 국민의 자발적인 각성과 정부의 효율적인 지도력에 의해 이미 전진의 궤도 위에 올라 섰다.

이제 남아 있는 문제는 이러한 우리의 민족적 이상(民族的理想)을 어떻게 하면 우리 스스로의 힘으로 빨리, 그리고 완벽하게 현실 속에 구상시킬 수 있는가 하는 것뿐이다.

이 과업의 성공적 수행을 위해서는 무엇보다도 먼저 우리의 전진을 가로막고 우리의 의지를 꺾으려는 저해 요인(沮害要因)을 신속하게 그리고 정확하게 규명해 내야 하며, 이 부정적 요인(否定的要因)을 민족의 역량으로 극복할 수 있도록 온 국민의 힘과 지혜를 공동 노력(共同努力)의 광장으로 인도할 수 있는 합리적이고 설득력 있는 대책을 마련하여야 한다.

이상을 지향(指向)하는 전진은 항상 험난하게 마련이다. 그 앞길에는 언제나 많은 애로가 가로 놓여 있고, 많은 시련과 고난이 도사리고 있는 것이다.

그 중의 어떤 것은 미리 짐작할 수 있는 것들이며, 또 어떤 것은 전혀 예기치 못한 가운데 불의(不意)에 밀어 닥쳐 오는 것도 있을 것이다. 우리는 이것들을 피해서 나아갈 수 없다.

그 하나하나에 침착하게 대처하여, 조심성있게 그리고 과단성있게 해결, 극복하고 나아가는 착실한 전진을 하여야 한다.

우리의 경제 건설에 있어서도, 그 발전 추세를 계속해 나아가기 위해서는 시

236

급히 해결짓지 않으면 안 될 여러 가지 난제들이 부각되어지고 있다.

먼저 대외적인 측면에서 볼 때, 오늘날의 세계 경제(世界經濟)는 그 어느 때보다 격동기(激動期)에 있으며, 우리 경제의 고도 성장(高度成長)에 따른 개방 경제(開放經濟)에로의 이행과 경제 활동의 국제화 추세(國際化趨勢)는 이러한 세계 경제와의 밀착 관계의 형성을 불가피하게 만들 것이며, 이에 따라 성장의 속도, 개발의 성격과 방향 등에 커다란 영향을 받지 않을 수 없게 될 것으로 짐작된다.

월남 전쟁의 축소에 따른 미국의 경기 불안(景氣不安)과 더플레 정책, 선진 제국에서의 과도한 보호주의(保護主義)의 확대와 인류 공동의 이상인 남북 문제 해결에의 성의 부족, 개발 도상 제국의 경쟁적인 공업화 정책(工業化政策)의 추구와 이에 따른 원료 수출국(原料輸出國)의 가공국(加工國)으로의 전환, 세계 무역의 블럭화 경향과 국제 금융 시장(國際金融市場)의 불안정성 등은 세계 경제의 확대 균형(擴大均衡)을 근본적으로 제약할 뿐만 아니라, 해외 시장에로의 수출과 원료 수입 및 자본 도입이 고도 성장의 유지에 관건(關鍵)이 되는 우리 경제의 장래에 대하여 크나큰 도전이 되지 않을 수 없다.

이러한 밖으로부터의 도전에 효과적으로 대처해 나아가기 위한 방안으로 우리는 앞으로 다음의 몇 가지 과업을 보다 적극적으로 추진해 나아가고자 한다.

① 이웃 나라들과의 경제 협력(經濟協力)을 강화하여 궁극적으로는 개발 계획(開發計畵)의 조정과 공동 시장(共同市場)의 형성을 실현토록 하며,

② 주요 원료 생산국과 합작 투자 형식(合作投資形式)의 공동 개발 방식을 추구하며,

③ 기업의 국제 경쟁력 강화를 위하여 규모의 대형화(大形化), 기술 혁신, 노동 생산의 향상을 기하려 한다.

한편 대내적인 관점에서 본다면,

첫째로, 국제 수지 사정(國際收支事情)의 심각화가 지적될 수 있다.

이것은 소득 수준의 상승과 도시화에 따라 소비 수요가 급격히 증대되고 공

238

업화와 수출 「드라이브」 정책에 따라 기초 원료 및 중간재 수입의 수요가 팽창되어, 무역 수지면(貿易收支面)에 중대한 압박 요인(壓迫要因)으로 나타나는 데 그 연유가 있다.

우리 경제가 외국으로부터 조달하여 투자 재원(投資財源)으로 사용한 자본을 상환해야 할 사정에 비추어 볼때, 이런 현상은 경제 자립의 속도를 둔화(鈍化)시키는 요인이 될 것이 분명하므로 시급히 시정해야 할 과제인 것이다.

둘째로, 한정된 자원과 능력으로써 고도 성장을 이룩하고, 전략 부문(戰略部門)을 집중적으로 육성 개발하고자 노력한 결과, 우리 경제 내부에는 바람직하지 못한 불균형(不均衡)이 초래되지 않을 수 없었던 사실을 솔직히 시인하고자 한다.

이러한 불균형은 도시화(都市化)와 공업화 과정(工業化過程)의 급격한 진전으로 생긴 농촌 부문과 도시 부문 사이의 소득 수준 및 발전 단계상의 격차, 대기업과 중소 기업, 그리고 고소득층(高所得層)과 저소득층(低所得層) 사이의 불균형 발전 등의 형태로 나타나고 있다.

경제적 불균형은 긴 안목으로 볼 때, 새로운 균형 상태를 향한 성장이요, 발전 과정에 있어서 피치 못할 일시적 진통이자 시련이라고 볼 수 있다.

우리들은 이미 지난 몇 해 동안 이러한 이중 구조를 제거하고 근대화된 동질적 경제 구조를 마련하기 위하여, 조세 제도(租稅制度)의 개혁, 농어민 소득 증대 사업(農漁民所得增大事業)의 전개, 공업의 지방 분산의 촉진, 지역 개발 사업의 확대, 중소 기업의 육성 등 광범위하고 적절한 정책 수단을 동원한 바 있으나, 앞으로도 계속 주력해 나아가야 할 과업으로 생각한다.

세째로, 우리 정부는 一九六○년대를 일관하여 전력, 도로, 항만, 수송 시설 등 사회 간접 자본(社會間接資本)의 확충에 막대한 자본과 노동력을 투입하여 상당한 성장 기반을 구축하기는 하였으나, 제한된 가용 자원(可用資源)과 경쟁적인 자금 소요 부문의 병존으로 인하여, 전체적인 성장 속도에 알맞는 정도의 균형된 발전은 여전히 이루어지지 못하였다는 사실이다.

240

이것은 산업 생산, 수출 및 투자 성장률(投資成長率)의 가속화(加速化)에

대한 커다란 제약 요인으로 등장하기에 이르렀다.

우리는 다가오는 제三차 五개년 계획 기간 중에 이러한 사회 간접 자본의 부

족에 기인하는 마찰과 애로를 제거하고, 고도 성장과 경제 자립의 기반을 구축

하는 데 배전의 노력을 집중할 것이다.

네째로, 우리 경제가 극복해야 할 또 하나의 과제는 민간 기업의 경영 기반

(經營基盤)이 취약(脆弱)하다는 점이다. 지금 선후진국을 막론하고 경제 성장

과 발전의 이니시어티브는 一차 기간의 초기 단계를 넘어서면 민간 기업(民間

企業)의 창의적인 혁신에서 찾아야 하는 것이며, 정부는 이들이 활동할 수 있

는 여건을 마련해 주고 공정한 경제 질서(經濟秩序)를 보장하는 데 극히 전략

적인 일부 특수 분야에만 개입하는 것이 효과적임은 잘 알려진 사실이다.

서독, 일본 등의 급격한 경제 성장의 경험이나 동구 제국(東歐諸國)에서의 경

제 원리의 도입 등은 그 좋은 실례인 것이다.

우리 경제는 개발 초기에는 정부 주도형(政府主導型)의 성장책을 추구하여 왔으나, 一九六○년대 중반 이래의 현실화 또는 자유화 정책(自由化政策)을 계기로 하여 민간 주도형(民間主導型)에로의 대폭적 전환을 시도한 바 있었다.

그러나 이러한 정책 당국의 의도에도 불구하고, 민간 기업은 근대적 의미의 기업으로서의 기능과 구실을 다하지 못하고 있어 효과적인 경제 발전에 대한 하나의 큰 부담이 되고 있다.

이러한 기업 부문의 취약성(脆弱性)은 국내 시장 부족으로 인한 규모의 영세성(零細性)과 비효율성, 허약한 재무 구조(財務構造), 가족 회사적 소유 관계, 창의적인 기업가 의식(企業家意識)의 결여 등에 기인한다. 경쟁적 자유 사회에 있어서 경제 발전의 요체(要諦)는 바로 이러한 기업 부문으로 하여금 경제 발전의 주역을 담당하게끔 선도하며 육성하는 데에서 찾을 수 있는 것임을 생각할 때, 기업 체질(企業體質)의 개선 강화를 위한 강력한 운동의 자발적 전개(自發的展開)가 요망되는 것이다.

이 밖에도 우리 경제의 자립적 성장에 필수적으로 나타나게 될 과제로서는

공업화의 급진전에 따라 노동력 수요의 압력 가중(壓力加重)과 임금 및 물가의

지속적 상승、막대한 국방비 부담과 경제 개발이란 택일적 목표(擇一的目標)

를 동시적으로 달성하기 위한 국방 연관 산업(國防聯關産業)의 육성、외미 도

입으로 인한 부당한 국민 부담을 배제하고、진정한 경제 자립을 이룩하기 위

한 결정적인 계기가 될 농업 구조(農業構造)의 개혁과 농업 혁명(農業革命)의

추진、공정하고 효율적인 경제 질서의 확립、기술 혁신의 수행、도시 과밀화

(都市過密化)와 공해、주택 문제 등 수많은 문제들이 있을 것이다.

이러한 내외적인 도전은 우리에게 새로운 투지와 용기를 불러일으켜 주는

것이다。우리는 지난 一○년 동안의 귀중한 경험을 살려 앞으로의 一○년 동

안을 자립 경제에로의 완전한 전환을 위한 계속적 고도 성장 속에、최저 생활

의 보장、생활 환경의 정비、노동 조건(勞動條件)의 개선、보다 공평한 소득 분

배(所得分配) 등을 주축으로 하는 복지 사회(福祉社會)의 개발을 향하여、더욱

더 굳센 의지와 의욕을 가지고 전진해 나아가고자 한다.

우리의 민족적 이상을 실현해 나아가는 개발 노력의 과정에서 우리가 당면할 무엇보다도 큰 도전은 북괴 공산 집단(北傀共産集團)으로부터 오리라고 생각한다.

우리의 경제가 더욱 건실하게 성장하고 국민이 자유 사회(自由社會)의 일원임을 자랑스럽게 여기며, 합심하여 민족 문화를 선양하고 자신과 긍지로써 민족 통일(民族統一)을 희구하게 될수록 공산 집단은 더욱 초조와 불안을 느끼고, 불필요한 긴장을 유발해 내려 할 것이다.

우리는 북괴의 무모한 도전을 신속하고 철저하게 분쇄함으로써, 그들의 시도가 애초부터 쓸모없는 것이라는 것을 스스로 깨닫도록 해야 한다는 것은, 이미 앞서서 강조한 바 있다.

착실하게 성장한 경제력과 국민의 단결된 힘을 국력의 기간(基幹)으로 삼아 북괴가 야만적인 침략 야욕을 스스로 포기하고 최소한의 민족적 양심을 되찾을때까지, 우리는 북괴의 도전에 대항할 수 있는 힘과 기동력을 항상 비축하고 전진적 자세(前進的 姿勢)를 계속 간직할 것이다.

한편 국제 관계의 냉혹한 현실을 두고 볼 때, 우리에게 불어 닥칠 도전은 비단 공산 집단에만 있는 것이 아니라, 오늘의 우방(友邦) 안에도 있을 수 있다는 것을 나는 잘 알고 있다.

국가와 국가 사이에는 항상 경쟁의 논리가 작용하고 이해의 대립이 있기 때문에, 우리의 경제가 자립을 향해 발돋움을 해 갈수록, 정치적 자주성(政治的 自主性)을 획득하기 위해 적절하고 긴요한 조처를 취해갈수록, 그리고 적극적으로 민족 통일의 이상을 향해 전진해 갈수록, 이해 관계의 상충(相衝)에서 오는 부당(不當)한 외세의 간섭이 우리에게 몰아쳐 올 가능성은 얼마든지 있는 것이다.

우리는 이러한 있을 수도 있는 외세의 도전을 국민과 더불어 단호하게 물리칠 수 있는 마음의 준비가 되어 있다.

평등한 참여와 평화로운 질서에 입각하여 신의와 존중으로 맺어지는 국가 관계가 아니고, 오히려 경제적으로 예속되고, 정치적으로 통제되며, 사상적으로 획일화(畫一化)되는 어떠한 부조리하고 모순된 관계도 결연(決然)히 거부함은 물론, 우리의 주체적 역량(主體的力量)으로 극복해 갈 수 있는 용기와 지혜를 지난 날의 역사가 주는 교훈으로 간직하고 있는 것이다.

이와 함께 우리의 전진에 대한 도전은 또한 우리 자체 내에서도 올 수 있다는 점에 주목해야 한다.

우리가 이상을 실현해 가는 과정은 급속한 변동과 개혁을 수반하기 때문에, 민족 공동(民族共同)의 이상에 대한 분별있는 판단과 절도있고 이성적인 대화의 풍토가 전제되지 않는 한, 국민 의식(國民意識)이 분열될 가능성은 항상 있는 것이다.

나는 무엇보다도 사회 안의 자주적인 힘을 강화하고 이 힘을 기반으로 하여 우리의 전진을 계속하려 하기 때문에, 선의의 경쟁과 비판은 사회 발전에 적극적인 기여를 할 수 있는 것이므로 이를 높이 평가하고 존중하여 왔다.

그러나 때로는 자유의 이름으로 비생산적 혼란(非生産的混亂)이 야기되고,

246

그것이 우리의 전진을 방해할 수도 있다는 점도 아울러 유의하여 왔다.

비판의 절도가 허물어지고, 공동의 이상이 망각되며, 이해의 순위를 판별해 내는 격조 높은 상식마저 퇴색(褪色)해 버리는 그러한 비생산적이며 맹목적인 분열이야말로 우리가 가장 우려해야 할 사태인 것이다.

우리는 국민과 더불어, 국민과 함께 우리 모두의 이상을 향해 전진하고자 하기 때문에, 우리의 전진을 정면에서 가로막는 국내에서의 분열의 가능성은 지혜와 인내와 자제력(自制力)을 가지고 사전에 방지해야 한다고 믿고 있다.

그러기 위해서는 국민의 자유로운 의사 표현의 권리를 존중하고, 생산적이고 건설적인 의견에 귀를 기울이며, 독단(獨斷)과 독선(獨善)에 의해서가 아니라, 토론과 설득을 통해 중론(衆論)을 형성해 가는 민주주의의 원리가 구현되어야 한다는 점과, 국민이 자의에 입각해서 전진의 대열에 능동적으로 참여하고, 민족 공동의 목표를 향해 사소한 이기심과 파벌적 성향(派閥的性向)을 극복해야 한다는 점을 특히 강조하고 싶은 것이다.

2 주체성의 선양

六○년대를 가로질러 줄곧 오늘날까지 뻗어 오고 있는 건설에의 열망과 노력은 매말랐던 이 땅 위에 비약적인 경제 발전의 성과를 가져 왔고 이것은 앞으로의 전진을 위해 움직일 수 없는 초석(礎石)이 되어 있다.

한 동안 우리 민족은 본래의 민족 정신(民族精神)을 상실하고 무기력하고 안일한 타성(惰性)에 젖어 자포자기한 상태에 빠져 있었던 것이 사실이지만 이제는 무언가 생동하려고 하는 젊고 싱싱한 정열을 되찾게 되었다.

한국인은 다시 미래에 대한 신념을 가지게 되었고 마음 속으로는 스스로 개발해 가려는 전진적 의욕을 가다듬었다.

이러한 괄목할 만한 변화는 정부의 강력한 정책 개발(政策開發)과 효율적인 행정 활동에 발맞추어, 국민 개개인이 자기에게 비장(秘藏)된 능력을 새롭게 발견하고, 정부 시책에 적극적으로 협력해 주는 바람직한 양상으로 나타났다.

우리 주위의 어디를 보더라도 이러한 기운은 역력하다.

정부는 정부대로 국민의 요구를 받아들이고 국민을 위한 정책을 집행해 가는 데 온갖 성의를 다하고 있으며, 행정(行政)과 경영(經營)을 맡고 있는 사람들의 합리적이고 창의적인 개발 능력(開發能力)도 현저히 향상되고 있다.

근대화 작업이 실현됨에 따라 속속 들어앉기 시작한 새로운 공업 단지는, 비단 새로운 산업 도시(産業都市)와 새로운 공업 제품만을 만들어 내는 것이 아니라, 그것이 기반으로 되어 긍지와 신념에 찬 우수한 한국인을 키우고 있으며, 우리가 가장 믿음직스럽게 생각하고 있는 교육 제도는 유능하고 혁신적(革新的) 인 젊은 지성을 부단히 육성 공급함으로써, 발전 의욕과 자긍적(自矜的) 국민 모랄의 형성을 선도하고 있다.

농촌에 있어서도 사태는 동일하다.

249

농민은 오늘날 도시 거주민에 비한다면 상대적으로 훨씬 뒤지고 있다. 그들도 근대화의 혜택을 받고 있기는 하지만, 그럼에도 정부 지도하의 지역 사회 개발 사업(地域社會開發事業)을 통해 경작 방식을 개량하고 좋은 품질의 종자를 선택하는 등, 토지 생산성(土地生産性)과 노동 생산성(勞動生産性)을 높이려는 노력을 꾸준히 전개하고 있으며, 또한 부업(副業)과 겸업(兼業)을 통하여 생활 수준을 자조적으로 향상시키려는 자각된 집념을 보이고 있다.

한국인의 이러한 새로운 자기 발전과 개척적인 의욕의 발현(發現)은 무엇보다도 귀중하고 활력있는 발전의 원천이다.

모든 발전과 변화는 행위 주체(行爲主體)로서의 국민 개개인의 참여와 협력이 없이는 불가능하다는 점에서 이러한 국민 의식의 내부 변화야말로 아무리 강조해도 지나침이 없을 만큼 중요한 의미를 갖는 것이다.

한국인은 이제 스스로 개발의 원리를 터득하고 발전의 힘을 생산해 내며, 그것을 행동으로 표현할 수 있는 참으로 획기적인 능력을 가지게 된 것이다.

우리는 지금 경제적 자립을 눈앞에 두고 복지 사회의 실현에로의 문턱을 넘어서고 있다. 그러나 우리는 결코 오늘에 만족하고 있는 것은 아니다.

우리의 국부(國富)가 중진국 수준(中進國水準)을 넘어서고 경제적 혜택이 국민 대중에게 균점(均霑)되고, 군건한 생활 기반이 확립되면, 한 걸음 나아가서 우리보다 후진(後進)된 미개발 국가(未開發國家)들을 적극적으로 도울 용의마저 가지고 있다.

안으로 경제적 자립을 통한 민족의 번영을 이룩하고 나아가서 밖으로는 인류 공영(人類共榮)과 세계 평화에의 공헌이야말로 우리의 이상이 디디고 서야 할 바탕이라고 믿기 때문이다.

그러나 인류의 이상、 바꾸어 말한다면 우리가 심혈을 기울여 얻고자 하는 소망스러운 미래상(未來像)이란 결코 좀더 윤택한 경제 생활을 하자는 경제적 욕구 충족(經濟的欲求充足)에 그치는 것은 아닐 것이다.

아무리 윤택한 생활을 누린다 하더라도 그것이 예속적인 것이라면 오히려 가난하면서도 자주적일 수 있는 길을 우리는 주저없이 택할 것이다.

경제적 자립은 결국 자주 자주적으로 우리의 문제를 결정하고 주체적인 문화 생활을 향유하고자 하는 자주 의식의 발로이며 주체성에 대한 갈망인 것이다.

나는 졸저 「국가와 혁명과 나」라는 책에서, 우리가 할 일은 『소박하고 근면하고 정직하고 성실한 서민 사회(庶民社會)가 바탕이 된 자주 독립된 한국의 창건(創建)』이라고 술회한 바 있다.

다시 말해서 우리 민족의 이상은 현대 국가의 공동 목표인 자유스럽고 평등스러운 서민 사회의 건설이며, 평화와 번영에 찬 복지 사회의 건설이며, 자주적이고 행복스러운 문화 사회(文化社會)의 건설이다.

자주 국가의 체통을 지키고 외세의 간섭을 배제하며 공동의 의지로 민족적 이상(民族的 理想)을 실현해 가는 과업은, 실로 우리에게 대단한 결단과 탁월한 인내를 요구한다.

이러한 과정에서 어떠한 상황과 어떠한 위협이 온다 하더라도 우리의 이상

252

을 전진적으로 발전시킬 수 있는 가장 큰 힘은 사회 안에서 움트고 자발적으로

일어나는 힘의 결집(結集)이다.

우리가 이 힘으로부터 지혜와 용기를 얻고 이 힘에 뿌리를 박고 노력하는

한, 우리의 이상은 실천되고야 말 것이다.

우리의 이상은 경제 사회의 개혁에서부터 기동(起動)하여 자주성을 회복하여

국민 각자의 자아(自我)의 재발견(再發見)을 통한 정신적、문화적 혁명으로 완

결되어야 하는 것이다.

그러한 의미에서 근대화의 최종 목적은 바로 인간의 근대화에 있다고도 하

겠다.

선진국에서의 근대화에는 경제 사회의 개혁에 앞서 모든 정신적 자세의 개혁

을 일깨워 주는 지도 이념(指導理念)이 있었다.

민족의 에너지가 강력한 지도 이념으로 통합 집결(統合集結)되고、스스로를

자각한 민중의 자기 개혁(自己改革)의 역량이 총동원될 때에만 훌륭한 열매를

거둘 수 있었던 것이다.

그러나 우리의 경우는 이 과정이 거꾸로 진행되어야 할 필연성이 있었다. 우리의 비참하기 이를 데 없는 빈곤을 타파하기 위한 경제 개발이 무엇보다도 급선무였다.

그렇다고 국민 생활의 균형있는 향상, 윤리적 가치의 앙양(昂揚), 인간 타락의 구제, 건강한 문화 생활의 창달의 필요성을 잊은 것은 아니다. 우리의 경제적 토대가 어느 정도 잡혀지자, 나는 이러한 숭고한 목적을 위해 경제의 윤리화 운동(倫理化運動)을 주창하여, 국민 스스로 생활화할 것을 종용(慫慂)하였다. 이것은 복지 사회 실현의 정신적 자세를 가다듬고, 명랑한 사회 생활을 조성하려는 의도에서 출발한 것이다.

근면, 절약, 자력 갱생(自力更生), 상호 부조 등의 정신 혁명(精神革命)이 없이는 복지 사회의 제도적 장치(制度的裝置)조차 그 기능을 발휘할 수 없는 것을 알고 있었기 때문이다.

우리의 건국 정신에 나타난 「홍익 인간」이란 이념은 바로 이러한 필요성을 우리 선인들이 간결하게 요약한 민족의 구호(口號)이었던 것이다.

우리는 「국민 교육 헌장(國民教育憲章)」에서 이러한 이상을 다시 한 번 표명하였다. 거기에서 강조된 가치의 촛점은 요컨대 창조적 인간(創造的人間), 협동적 인간(協同的人間), 애국적 인간(愛國的人間)의 형성에 있었다.

창조적 인간이란, 우리 선인들의 과학적, 예술적, 문화적 활동의 본을 거울삼아 우수한 민족의 예지를 서구적 개척 정신과 결부시켜, 진취적이고 전진적인 정신 자세를 가다듬어, 조국 근대화의 성업(聖業)을 의욕적으로 달성하기 위하여 과감한 혁신의 필요성을 강조한 것이다.

험난한 시련의 역사 속에서 국민 개개인의 창의성과 업적성만이 우리의 앞길을 개척해 나아갈 수 있음을 제시한 개인적 인간상이다.

협동적 인간이란, 민족의 공동 생활 속에 면면히 흘러 온 상부 상조의 원리를 생산적으로 조직화하고, 그것을 서구 문화(西歐文化)의 능률의 논리와 결부시켜야 할 필요성을 강조한 것이다.

이것은 또한 우리의 전통 문화(傳統文化)의 정신을 이루고 있는 인간 관계의 미덕을 생산적으로 활용하여、인화(人和)와 관용(寬容)으로 공생 공존하는 민족 연대성의 확립을 다짐하는 우리의 이상을 보다 현대적인 감각으로 구현한 사회적 인간상이기도 하다.

애국적 인간상이란、우리 민중 속의 뿌리 깊은 외세에의 저항 정신과 강인한 민족애를 근간으로 하여、서구적인 국민 국가의 형성 요인이었던 시민 의식(市民意識)과 공공 의식(公共意識)을 흡수 확대하려는 인간상을 말하는 것이다.

민족 감정 속에 비장되어 있던 소박한 국가 의식을 본격화하여 국제적 경쟁 관계에서、그리고 자유 진영(自由陣營)과 공산 진영(共産陣營)의 냉전 속에서 영예로운 민족의 생존을 쟁취함으로써、개인의 자유가 신장되는 것임을 강조한 새로운 민족적 인간상이다.

누구나 인정하다시피 창조、협동、애국은 서구의 논리에서도 지상의 생활 신

조이며 기본 가치이지만, 이것은 바로 우리 선조들이 지켜 온 역사적 유산(歷

史的遺産)의 중심 가치(中心價値), 즉 홍익 인간의 이상이요, 화랑도의 정신

이요, 서민 사회의 이상인 것이다.

이제 경제 성장이 이루어져 가면서, 주권 국가로서 정치적 자주성을 명실 상

부하게 지켜야 한다는 의식이 사회 내부로부터 분출하고 있는 것은 다행스러

운 일이며, 또한 이러한 기운이 갈수록 고조(高潮)되리라는 점은 우리의 전통

에서 볼 때 명백한 일이다.

우리는 이러한 민족의 의식을 정성스럽게 관찰하고 저류에서 흐르고 있는

민중의 소망을 표면으로 끌어 올려, 무언가 국가 발전에 창조적으로 기여하도

록 하지 않으면 안 된다고 생각하고 있다.

우리의 민족적 이상(民族的理想)이 예속이나 의존에 있을 수 없고 단호하게

독립과 자립을 실현하는 데 있으며, 또한 경제 건설이 그 자체로서 궁극적 목

적이 아니라, 보다 높은 차원의 민족적 과제(民族的課題)를 해결하기 위한 필

요하고도 요긴한 조건이라고 확신하는 한、 우리는 경제적 자립의 토대 위에서 국민의 의지와 의욕을 성공적으로 통합해 감으로써 정치 주권과 자주성을 선양 하도록 힘쓸 것이다。

3 문화 민족의 긍지

동양인에게는 서양인의 사고와 논리로는 정확하게 파악하기 어려운 신비스 럽고 통일적이며 조화로운 정신 문화(精神文化)가 있다。

동양 사람이라고 일률적으로 다 그렇다고 할 수는 없을 것이고、 또 개개인에 게 이런 조화의 미가 똑같이 있다고 볼 수도 없는 것이지만、 확실히 동양 사람 들의 문화 안에는 무언가 동양다운 온화(溫和)의 율동(律動)이 흐르고 있는 것 이 사실이다。

이런 특성은 오랜 역사를 가지고, 구준히 창조적으로 발전시켜 온 민족 문화일수록 더욱 뚜렷하다.

우리 한민족이 크게 자랑으로 여기고 또한 무한한 긍지의 원천으로 삼는 것이 바로 반만 년의 유구한 역사와 그 속에서 다듬어진 훌륭한 문화적 전통인 것이다.

역사를 타고 이어져 내려 온 전통이란 하루 아침에 만들어질 수도 없는 것이며, 또한 하루 아침에 변화될 수도 없는 축적(蓄積)된 지혜의 산물이기 때문에, 이 기반을 단단하게 다지고 세련되게 키워 가는 보람은 오직 우수한 문화 민족만이 가질 수 있는 기쁨인 것이다.

우리가 전통의 흐름을 느끼고 그 가치를 깨닫게 될 때, 우리는 현재의 생활 안에서 선인(先人)의 지혜와 만나게 된다.

우리의 민족 문화가 인접한 대륙 문화(大陸文化)의 영향을 많이 받은 것은 사실이다.

259

그러나 우리의 조상들은 대륙의 문화를 그대로 모방한 것이 아니라, 이것을 주체적으로 흡수하고 나아가서 독창적(獨創的)이고 고유한 민족 문화를 창조해 내는 데 비상한 능력을 발휘했다.

우리 민족이 대륙으로부터 학문을 도입했으면서도 그것을 앞지르는 독창적인 학문을 연구 발전시켜 거꾸로 우리에게 배워 가게 했던 이조의 성리학(性理學)은, 우리 민족의 탁월한 창조적 사고력을 충분히 과시해 준 많은 예 중의 하나이다.

우리 민족은 인간과 하늘을 대립적인 것으로 보지 않고, 오히려 조화있는 전체의 통일 안에서 보았기 때문에, 인심(人心)이 천심(天心)이라는 독특한 지배 윤리를 가지고 있었고, 따라서 사회의 발전과 진보의 원천을 정의와 순리(順理) 속에서 찾는 온건한 생각을 철학(哲學)의 기조(基調)로 삼아 왔다. 한국인은 자기의 삶을 전체의 질서 속의 한 부분으로 조화시키면서 그 질서가 평화롭게 유지되기를 바라고 차원 높게 발전해 가는 것을 이상적인 것으로 생각한 것이다.

사회 안에 있을 수 있는 대립과 모순이 서구에서 보는 바와 같이, 투쟁을 통해 조정 통합(調整統合)되어 간다고 보기보다는 오히려 덕(德)과 관용(寬容) 속에 하늘의 뜻에 따라 해결되어 간다고 믿으면서, 이러한 격조 높은 사회 속에서 함께 참여하고 있는 나와 너가 깊은 정과 존경으로 맺어져 있다는 것을 서로가 보람으로 여기면서 살아 왔다.

우리 겨레는 서로 신의와 성실과 정의에 넘쳐 있는 인간 관계(人間關係)를 가졌으며, 한국인의 수양된 인격과 예의 바른 도덕심(道德心)은 타의 모범이 될 만하였다.

한국의 전통적인 인간상(人間像)은 인륜(人倫)에 밝고 청렴 절의(淸廉節義)를 존중하고, 전체 속에서의 조화로운 중용성(中庸性)을 견지하면서, 무엇보다도 고요와 평화를 사랑하는 것이라고 말할 수 있다.

그러므로 인접한 중국이나 일본, 그리고 아시아 제민족들도 우리 나라를 가리켜 「동방예의지국(東方禮儀之國)」이니, 「고요한 아침의 나라」니 하며 칭송을 아끼지 않았던 것이다.

이러한 한국인의 마음가짐은 비록 근대적인 의미에서의 자아 형성(自我形成)을 더디게 하고 물질 문명(物質文明)을 무시함으로써 기술과 과학의 발전을 저해시키기는 했지만, 자기와 전체를 통합하는 심오하고 탁월한 정신 문화(精神文化)를 탄생시켰고、자연과 평화를 사랑하는 마음은 예술적 심미안(藝術的審美眼)을 높여、세계에서도 보기 드문 정서 어린 예술적 창작을 배출(輩出)하게 하였다.

특히 그 중에서도 우리의 한글은 자랑할 만한 것이다. 우리의 한글이야말로 민족 문화의 놀라운 창조물이요 또한 그 상징이다.

오늘날 인류가 사용하고 있는 여러 문자 중에서도、우리 한글은 가장 합리적이며 과학적(科學的)이고 따라서 가장 배우기 쉬운 표음 문자(表音文字)인 것이다.

한글은 스물 넉 자의 자모 자체가 음성 기관(音聲器官·Speech organ)의 구조와 음운(音韻)에 담긴 음양 원리(陰陽原理)를 그대로 옮겨 놓은 것이며, 모음(母音)과 자음(子音)이 뚜렷이 구별되어 있을 뿐만 아니라, 모음과 자음을 적절히 결합하면 횡서(橫書)도 종서(縱書)도 가능하고, 타이프라이터화도 이미 완료한 극히 편리하고도 우수한 문자인 것이다.

한자 문화권(漢字文化圈) 안에 있는 우리들로서 이만큼 독창적이고도 심미적이며, 그리고 과학적인 문자를 고안해 냈다는 것은 무엇보다도 크나큰 자랑이 아닐 수 없다.

이것은 어떤 특권층이 누리는 귀족용이 아니고 바로 국민의 것이요, 서민의 것이라는 데 또한 우리는 무한한 긍지를 갖고 있는 것이다.

그러나 이러한 것이 우리 민족의 정신 문화의 전부는 아니다.

오히려 우리의 정신 문화의 진가(眞價)는 그것이 도달했던 절호하고 해박한 지적 수준에만 있는 것이 아니라, 그것을 지키기 위해 바쳤던 뜨거운 애정과 헌신의 정열에 있었다고 하겠다.

분명히 한국인은 투쟁보다는 조화(調和)를, 폭력보다는 평화(平和)를 사랑하였다.

그러나 이 조화와 평화가 근본적으로 파괴될 위기에 처하게 될 때에는 주저없이 생명을 내걸고 싸워서 지키는 현명도 아울러 갖추고 있었던 것이다. 우리의 빛나는 민족 문화가 장구한 역사적 전통을 자랑하게 된 소이가 바로 여기에 있다고 하겠다.

지난 한 세기 동안, 우리 민족에게 닥친 미증유의 시련 속에서 우리의 정신 문화도 서구식 근대 기술 문명(西歐式近代技術文明)의 도전 속에 심한 진통을 겪었다.

一八七○년에 개국 정책(開國政策)이 실시된 이래、국내에 들어 온 서양의 사상과 기술은 대단한 충격을 우리에게 주었다.

그러나 이보다 몇 배나 더 강한 충격은 일본에 의해 주권(主權)이 박탈되는

264

슬픔이었다. 우리는 씻을 수는 없는 민족사(民族史)의 오점을 그들이 취한 한 민족 문화의 말살 정책에서 받았다.

이로 인하여 우리의 문화 속에는 싫든 좋든 간에 일본 문화의 잔영(殘影)을 남기지 않을 수 없게 되었다.

해방이 되었을 적에 이미 우리의 고유한 전통 문화(傳統文化)는 상당한 부문이 왜곡되어 있었고, 어떤 부분은 만신창이가 되어 걷잡을 수 없을 정도로 변형(變形)되어 있는 형편이었다.

여기에 겹쳐서 서구의 문화가 우월한 과학 기술과 국력을 등에 업고 물밀듯이 들어 오기 시작했다.

우리에게 광복이라는 값진 선물을 안고 온 서구 문명(西歐文明)이 우리 앞에 내놓은 자유로운 개인주의(個人主義)와 민주주의(民主主義)는 우리가 느끼고 있던 감사와 친근감 속에서 무비판적으로 받아들여짐으로써, 제도적, 사상적 측면에서 압도적이고 일방적인 영향력을 미치게 되었다.

265

거기에다 민족사의 오점과 불명예의 책임을 전통 문화의 탓으로 돌리려는 풍조조차 생겨났다.

모든 침체와 낙오는 우리의 전통성 안에 숨어 있는 명상적이며 평화적이고 어쩌면 안일하기까지 한 타성(惰性)에 있지 않았나 하고 의심하고 있었던 것이다.

물론 독립이 이루어진 이상 자유 민주 국가(自由民主國家)로서 지향해야 할 이상이 있으나, 전통적 문화 때문에 상당한 부분이 그 발전상 장애를 받고 있는 것도 사실이다.

즉 모든 개인에게 자유를 주고 평등한 대우를 실시하여 존엄한 인격과 침해받을 수 없는 기본권(基本權)을 부여한다는 생각은 우리의 전통적 사고 방식에 잘 어울려 들 수 있는 것이 아니었다.

미래에 대한 이상으로 들떠 있던 당시의 상황에서는, 전통적인 것이 새로운 이상과 잘 조화될 수 있으리라고 믿기 어려웠다.

이리하여 독립된 우리 사회 안에서는 이중 삼중의 잡다한 여러 힘들이 동시에 전통 문화를 공격하고 있었다.

심지어는 조잡하고 거친 서양 문화(西洋文化)의 아류(亞流)가 전통 문화 안에 흐르고 있어서 격조 높은 우아한 서정을 훼손(毁損)시키는가 하면, 심지어 민족의 전통 자체를 송두리째 파괴시키려는 공산주의 세력(共産主義勢力)마저 그들의 비인간적이고 야만적인 이데올로기를 위장하고 뛰어드는 형편이었다.

이런 속에서 독립과 함께 한국인의 마음을 사로잡았던 이상은 번번이 쓰라리고 아픈 현실의 배반으로 짓밟혀졌다.

남북(南北)의 분단(分斷)과 민족간의 전쟁은 그 대표적인 것이었으며, 그 후에 따라 온 비민주적 독재 정권(非民主的獨裁政權)의 출현과 무기력하고 정체적(停滯的)인 사회 분위기의 형성도 그 예였다.

우리의 전통 문화는 품위있고 민족적 향기가 서린 밝고 아름다운 면을 더욱 드러내지 못하고, 무기력하고 현실 도피적(現實逃避的)이며 안일하다고 비판

받는 부정적 측면만을 보여 주게 되었다.

민중이 이상과 현실 사이의 격차를 심각하게 느끼고 그 부조화(不調和)로부터 욕구 불만을 드러낼수록 전통적인 것은 거부되어야 할 전근대적인 잔재(殘滓)로 착각되었다.

현실에서 발견되는 온갖 악취를 풍기는 부정(不正)과 부패(腐敗)가 다름 아닌 전통성의 표본이며, 무기력한 지배 집단(支配集團)의 정신 상태가 바로 전통적인 것의 한 모습이라고 생각되었다.

전통적인 것을 몰아내고 그 위에 새로운 가치를 정립(定立)해야 한다는 묘한 불안과 초조가 사회에 감돌게 되었다.

이리하여 우리의 전통 문화는 불명예스러운 오명을 뒤집어 쓰고 질책(質責)을 받기에 바빴다.

심오하고 포괄적인 우리의 민족 문화(民族文化)와 꼿꼿하고 지조있는 정신 세계마저도 근시안적인 서구적 감각(西歐的感覺) 위에서 과소 평가되거나, 아니면 있을 수도 있는 적은 결함이 마치 전체적인 것인 양 크게 들추어지곤 하였다.

말하자면 민족 문화에 대한 자학적 경향이 변태적으로 나타났던 것이다.

五·一六 혁명이 일어나고 일대 혁신의 기운이 사회 저변으로 뻗어 갈때、 나는 민족의 문화적 자주성(文化的自主性)을 견고히 지키고 정신 문화의 꼿꼿한 전통을 계승 발전시키기 위하여 민족주의 이념(民族主義理念)을 제시했다.

우리의 전진과 발전을 확고부동하게 밀고 나가기 위해서는 무엇보다도 사회 일각에 나돌고 있는 자학적 체념(自虐的諦念)을 극복하고 자기의 능력을 새롭게 재발견하며、 문화 민족으로서의 긍지를 불러일으켜야 한다고 느꼈기 때문이다.

우리는 전통 안에 숨어 있는 민족적 지혜와 긍지를 최대 한도로 계발(啓發)하고 민족주의적 정열과 환희로써 합심하여 전진할 것을 선언했다.

그 후 나는 나 나름대로의 정열과 기대를 가지고 민족 문화의 융성을 기약하고 전통을 새롭게 발전시킬 많은 제도적 조처(制度的措處)를 취했다.

민족 문화의 고유한 기풍을 재발견하고, 한국사(韓國史) 속의 위인들의 유덕(遺德)을 선양하기 위하여, 이들의 동상을 곳곳에 건립하고, 특히 임진왜란 때 한국의 명예를 걸고 용명을 떨쳐 국민적 영웅으로 온 겨레의 가슴 속에 약동하고 있는 이 순신 장군에 대해서는 거족적으로 흠모할 수 있도록 그의 묘소를 성역화(聖域化)하는 조치를 취하였다.

그리고 민족사를 주체적 사관(主體的史觀)으로 해석하고, 민족의 고난과 역사 속에서 한 민족이 얼마나 끈기있게 생(生)을 향유해 왔는가를 역력히 들추어 내어, 우리의 오늘과 내일을 과거와 결합시켜 주체적(主體的)으로 우리가 직면한 과업을 책임있게 성취해 갈 힘의 원천(源泉)을 발견토록 애썼다.

그리하여 우리의 역사를 희망과 기대로써 긍정적으로 보는 바탕을 찾아 놓았다. 이러한 조치와 열망의 효과는 좀더 먼 뒤에 더욱 분명해지겠지만, 그러나 그 효력의 메아리는 이미 나타나고 있다.

오늘날 한국인은 서서히 한국인이라는 자각된 의식을 문화의 전통 안에서

다시 발견해 가고 있는 듯하다.

이제까지는 근대화와 조화를 맺기 힘들 것으로만 여겨져 왔던 전통 문화가

오히려 근대화 자체를 추진시키고 격려하는 생산적인 힘을 지니고 있다는 인

식을 갖기 시작했으며, 아울러 우리의 고유한 미감과 예지에 찬 문화 활동의

전통을 더욱 발휘시켜야 한다는 사명감을 투철하게 느껴 가고 있다.

학자들 사이에도 한국학(韓國學)이 초미(焦眉)의 연구 과제가 되어 있고, 새

로운 한국적인 사회 정신적 방법론(社會精神的方法論)마저 모색되고 있는 실정

이다.

우리는 여기서도 비상한 결단을 필요로 하고 있다.

그것은 우리의 전통 문화를 바탕으로 하여 새로이 도입된 외래 문화(外來文

化)의 장점을 흡수하는 일이다.

우리는 선진국의 합리적이고도 능률적인 문화를 무조건 배척해서는 결코 안

271

된다.

새로운 문화의 창조는 인접 문화(隣接文化)와의 부단한 접촉과 교류로 승화(昇華)될 때 얻어지는 것임을 우리는 충분히 알고 있다.

그리고 새롭게 우리 나라에 도입된 외래 문화는 그것대로 우리들의 생활에 지대한 공헌을 하고 있다는 점도 잘 알고 있다.

문제는 우리에게 이질적(異質的)인 외래 문화를 주체적으로 수용하고 우리의 민족 사회 속에 끌어 들여 생산적으로 활용해 갈 수 있을 포용성(包容性)과 융통성(融通性)을 전통 문화가 얼마나 비축(備蓄)하고 있느냐에 달려 있다고 보는 것이다.

우리의 문화가 너무나 외래 문화에 의해 위압당하고, 그것 때문에 재래 문화(在來文化)의 정수(精髓)가 와해(瓦解)될 위험에 직면하지 않도록 우리의 문화를 재정비할 필요성이 절실히 느껴진다.

민족 문화란 기본적으로 민족 고유(民族固有)의 것이긴 하지만, 그러나 문화

272

의 본성은 보편적이고 세계적인 것과 연결되는 것이기 때문에, 민족 문화의 전통 위에 세계적 흐름을 투영시킬 수 있는 작업을 우리는 추진해야 한다.

나는 우리의 주위에서 민족 문화의 토대가 착실히 마련되어 가고 전통의 새로운 현실 적응(現實適應)이 활발하게 진행되고 있는 기운을 뚜렷하게 느낀다. 우리는 이미 우리 고유의 문자인 한글의 전용 정책(專用政策)을 실시하기로 했으며, 또한 우리는 장기적인 교육 종합 계획(教育綜合計畫)을 수립하여 교육의 혁신을 민족 중흥의 원동력이 되는 창조와 개척의 정신으로 드높여 나아갈 것이다.

신의와 경애에 뿌리박은 상부 상조의 전통이 국민의 의식 속에 자리잡기 시작했고, 예의 바르고 불의에 대해 꼿꼿한 국민 정기(國民精氣)가 사회 계층 속에 스며들어가고 있다.

국민 개개인의 창조적 능력도 비상하게 개발되어 가고 있으며, 예술 활동에 있어서도 한국인의 미적 상상력(美的想像力)이 선조의 전통을 이어 받아 우아하게 되살아나고 있다.

생활의 모든 부분에 한국인의 지혜와 창조의 기풍이 스며들기 시작했으며, 이제 전통적인 것은 고루하고 비과학적(非科學的)이며 전근대적(前近代的)이라는 발상(發想)이 지양되고, 오히려 이 안에 우리 민족의 문화적 독창성과 예지가 충만해 있음을 자각하기 시작했다.

앞으로 몇 해 안에 우리의 의무 교육(義務敎育)은 九년제로 연장 확대될 것이며, 이와 함께 우리의 정신 혁명(精神革命)의 작업은 착착 전행되어 갈 것이다.

고질적(痼疾的)인 사회 병폐를 박력있게 개혁함은 물론, 일찌기 우리의 선인들이 화려하게 전개했던 문예 부흥을 다시 일으키고 민족의 자질(資質)을 더욱 알차게 계발하여, 홍익 인간의 이상, 화랑도의 정신을 이어 받은 문화 민족으로서의 긍지와 명예를 확고히 지키려는 우리의 노력을 계속해서 밀고 나아갈 것이다.

고
요
한

혁
명

Ⅶ 고요한 혁명

우리의 터전은 이미 닦아졌다. 씨도 뿌려졌다. 이제 우리는 자라나는 싹을 가꾸고 있는 중에 있다.

이러한 때일수록 지도자의 책임이 막중하다는 것을 늘 통감(痛感)하고 있다. 그러나 역사란 결코 지도자의 손에 의해서만 만들어지는 것이 아니다. 비유를 하자면 토지가 국민이라면, 지도자란 비료에 지나지 않는다.

여기서 종자(種子)는 민족의 이상이 될 것이다.

좋은 종자가 있고 비료가 적절히 공급되어야만 땅이 이것을 받아들여 열매를 맺는 것처럼, 좋은 이상이 있고 좋은 지도자가 있어야 국민이 그것을 받아

277

들여 자기의 것으로 결실하게 할 수 있다.

비료가 모자라는 꽃이 시들 듯 지도자 없는 국민이란 가난하기 마련이다.

그러나 비료가 없어도 토지가 자양분을 스스로 조달하여 꽃을 피어나게 하듯이 땅, 즉 국민이 궁극적으로는 주인인 것이다.

우리의 경우에도 계획된 변화가 국가적 수준에서 성공적으로 이루어지기 위해서는, 그리고 국민 내부에서 일어나는 자발적 각성(自發的覺醒)과 창의적 정신(創意的精神)이 계획되지 않은 새로운 발전을 이끌어 가기 위해서는, 무엇보다도 지도자와 국민이 호흡을 같이 하고 협력하여 광명의 목표를 향해 전진해 나가는 긴밀한 유대 관계(紐帶關係)가 형성되어야 한다.

그러므로 우리의 민족적 이상이 온 국민의 정열로써 전진적으로 추구되기 위해서는, 우선 지도층에 있는 사람들이 솔선 수범(率先垂範)하여 국민과 호흡을 같이 하도록 노력하고, 헌신적으로 봉사함으로써 국민들이 스스로의 판단으로 능동적으로 조국 근대화 작업(祖國近代化作業)의 대열 속에 뛰어들게 되어야 한다.

우리들의 이상을 실제적으로 수행해 가는 과정에 있어서는 의견의 대립이 있기 마련이고, 경우에 따라서는 국론(國論)의 분열도 있을 수 있는 일이다.

선의의 경쟁과 충고와 비판은 새로운 창조와 개혁의 산실(產室)이 되기 때문에 오히려 바람직스러운 현상이지만, 절도(節度)를 넘거나 공익(公益)에 배치되는 비생산적이며 맹목적인 분열은 우리 모두가 삼가야 한다.

이상을 실현해 가는 과정에는 급속한 변동과 개혁이 이루어지게 마련이므로, 우리 모두가 차원 높은 방향 감각(方向感覺)을 가지고 있어야 하며, 따라서 지도자와 민중 사이에 공감을 불러일으킬 수 있는 도량있는 현실 대화(現實對話)가 끊임없이 마련되어야 한다.

이를 위해서 지도자와 국민은 무엇보다도 우리의 민족 정신 속에 뿌리 깊게 자라 있고, 또한 우리가 받아들인 민주주의 정신의 가장 큰 특성이기도 한 협동적 인간상(協同的人間像)과 정신을 개발해 나가는 데 함께 힘을 기울여 나

279

아가야 할 것이다.

조국 근대화, 민족 중흥 그리고 국토 통일로 집약되는 우리의 민족적 염원을 달성할 수 있게 하는 원동력이 바로 협동, 단결, 힘의 집중인 것이다.

우리의 앞날에는 아직도 많은 과제가 산적(山積)해 있다. 대망의 七○년대에 는 이제껏 추진해 온 一, 二차 경제 개발 五개년 계획의 성공적인 완수를 발판 으로 하여, 一九七二년부터 시작되는 三차 계획부터는 경제 개발에서 사회 개 발(社會開發)로 전환하고, 사회의 모든 부문에 우리의 이상이 골고루 보급되어 전체 성원이 공존 공영(共存共榮)하여 번영과 행복을 만끽(滿喫) 할 수 있는 지상의 낙원을 건설하는 작업의 기초 과정이 기필코 정초(定礎)되어야 한다.

우리는 민주주의에 대한 뚜렷한 신념을 가지고, 구준하고 조용한 혁명을 계 속해 나갈 것이다.

국민과 함께 역사적 대전진(歷史的大前進)을 수행하고 있다는 부푼 환희를 가지고, 보이지 않는 우리의 이 혁명이 보이는 어떠한 혁명보다 더 큰 위력을 가지고 있다는 것을 증명할 것이다.

이 혁명이 안에서 익어 갈 때, 우리 모두는 광휘(光輝)있는 미소의 응답을 역사에서 찾아 볼 수 있을 것이며, 전진과 도약을 위한 우리의 주체적인 기반이 이제 확실해졌다는 환희를 안고, 조국 근대화의 합창을 우렁차게 부를 수 있으리라.

우리는 이 천재일우(千載一遇)의 기회를 절대로 놓쳐서는 안 된다.

민족적 이상(民族的理想)이 성취되지 않고서는 인류의 이상에도 참여할 수 없다는 평범한 진리를 되새기면서, 우리는 민족의 중흥이 인류의 이상에 기여함을 확신하고, 지혜와 용기로써 전진을 계속할 것이다.

중단(中斷)하는 자는 승리하지 못하며, 승리하는 자는 중단하지 않는다.

부

록

새해를 맞이하여

—— 一九七○년 一월 一일 신년사 ——

친애하는 국민 여러분!

조국의 역사 위에 다양하게 기록될 다사다난했던 一九六○년대는 이제 그 막을 내리고, 오늘 우리는 一九七○년대의 새아침을 맞이하였습니다.

나는 먼저 국내에서, 국외에서, 그리고 전방에서, 후방에서, 각자 그 생업(生業)과 책임에 충실하신 국민 여러분에게 더욱 다복(多福)하시기를 비는 새해의 인사를 드리며, 우리 조국과 민족이 더욱 영광된 새해, 더욱 보람있는 새 연대를 맞이하게 될 것을 국민 여러분과 함께 기도드리는 바입니다.

국민 여러분!

돌이켜 보면, 우리는 해방과 독립 이후 오늘까지 전쟁과 불안, 혼란과 빈곤 등 온갖 고난과 역경 속에 살아 왔습니다.

이러한 역경 속에서도 우리는 끝내 희망과 용기를 잃지 않고, 「조국의 등불」을 지켜 나오며 전진을 계속해 왔던 것입니다.

오늘, 그 연대가 바뀌어 七○년대를 맞이함에 있어서, 나는 국민 여러분과 함께 다시는 지난 날의 불안과 혼란이 우리에게 또 있어서는 안 된다는 다짐을 굳게 하면서, 七○년대의 설계(設計)와 포부(抱負)를 생각해 볼까 합니다.

무엇보다도 一九七○년대에는, 완전 자립 경제(完全自立經濟)를 꼭 성취해야 하겠읍니다.

一인당 국민 소득(國民所得)은 五백불선을 훨씬 넘어야 하고, 수출(輸出)은 적어도 五○억불선을 돌파해야 합니다.

경제의 규모나 단위, 그리고 평가의 기준은 모두 국제적인 수준에서 다루어 져야 하며, 우리의 상품들은 국제 시장에서 당당히 경쟁하여 다른 나라 상품을

압도해야 하며, 그 중에서도 몇몇 산업 부문(産業部門)은 세계 제일위를 자랑할 수 있게 되어야 합니다.

이를 위해서는 여러 면에서 남보다도 몇 배 더한 피눈물나는 노력을 해야 하겠지만, 특히 과학 기술의 급속한 개발과 경영 기술의 국제 수준화(國際水準化)는 무엇보다도 급선무로서 집중적인 노력을 기울여야 합니다.

그리하여 우리의 국제적 위치를 적어도 중진 국가군(中進國家群)에서는 가장 상위권(上位圈)에 들어가게 만들어야 하겠읍니다.

한편 고속 도로의 건설과 국토의 종합적 개발(綜合的開發)로 모든 곳이 우리의 일일 생활권(一日生活圈)이 되게 하고, 균형있는 지역 개발(地域開發)을 도모하여, 도시와 농촌의 격차(隔差)를 좁혀야 하며, 연간 일백억불의 물자가 연안 각 항구를 통해서 나가고 들어 올 수 있는 항만 시설과 해운 능력도 갖추어야 하며, 농촌에서는 기와로 개량되지 않은 지붕을 찾아보기 힘들게 만들어야 합니다.

모든 사람이 일자리를 가질 수 있고, 한 사람의 노동 대가(勞動代價)가 한 가구의 생계를 능히 꾸려 나갈 수 있게 하여, 서민 생활(庶民生活)에 보다 여유와 윤기가 돌게 해야 하겠읍니다.

이러한 모든 일을 과연 누가 해야 하겠읍니다.

너와 나의 구별없이 우리 모두가 힘을 합쳐 한 마음 한 뜻으로 해야 하는 일인 것입니다.

그리고 또한 이런 과업을 수행하기 위해서는 남을 시기 질투하고 중상 모략하는 우리 사회의 나쁜 버릇부터 없애야 하겠으며, 부정을 해서 나만 잘 살아보겠다는 그릇된 생각도 깨끗이 버려야 합니다.

밝고, 곧고, 명랑한 사회 기풍(社會氣風)이 이 과업 수행의 대전제가 되는 것입니다.

문화와 예술은 보다 국민 생활에 접근하여 국민 정서의 순화와 사회 정화(社會淨化)의 활력소가 되게 해야 하겠고, 가정과 가족 단위의 건전한 오락과 국

288

민 체육의 보급으로 이룩되는 건전한 기풍이 국력의 원동력이 되어야 합니다.

그리고 정치도 과거의 극한적인 수단과 투쟁 방식을 지양하고, 건설적인 토론과 경쟁으로 평화적 정권 교체(平和的 政權交替)를 지향하는 민주 정치의 결실을 보게 하여야 합니다.

또한 七○년대에는 국토 통일 방안(國土統一方案)을 적극적으로 모색 추구해 나가는 일방, 평화적인 방법이든 비평화적인 방법이든, 어떠한 방식의 통일 방안에 대해서도 즉각적으로 대처하고 대응할 수 있게, 북괴에 비해 절대 우위(絕對優位)의 힘을 항시 확보해야 하며, 특히 북괴 단독의 침공에 대해서는 우리 단독의 힘만으로써도 능히 이를 분쇄할 수 있는 자주 국방력(自主國防力)을 언제든지 확보하고 있어야 합니다.

이러한 모든 것이 내가 항상 말하는 자주、 자립、 자조의 정신인 것입니다.

국민 여러분!

이러한 일들은 一九七○년대에 우리가 기어코 실현해야 하며、 이것이 실현

289

될 때、 우리는 조국 근대화(祖國近代化)의 대부분의 작업들을 이 七〇년대에 끝내는 셈이 됩니다.

지금 우리가 생각하는 이 七〇년대의 설계와 포부는 결코 허황된 것이 아니며、 우리의 지혜、 우리의 힘으로 능히 달성할 수 있는 목표들입니다.

어느 모로는 우리가 겪어 온 지난날의 그 역경 속에서의 노력보다도 더 쉬운 노력으로 가능할지도 모를 일입니다.

이것은 결코 새롭고 특별한 것도 아니며、 다만 지난 수년 동안 우리가 쏟아 온 그 정열과 우리가 실천해 온 그 근면과 노력을 보다 알차게、 보다 충실하게 계속해 나가기만 한다면 손쉽게 이룩할 수 있는 일이라고 봅니다.

그리고 또한 우리가 아직껏 버리지 못하고 있는 비생산적인 타성(惰性)들을 하루 속히 하나하나 이를 시정해 나가면 된다고 믿습니다.

친애하는 국민 여러분!

오늘 경술년(庚戌年) 새해를 맞이하여、 나는 각자 가정과 직장에서、 전방과

290

후방에서 소임 완수를 위해서 힘써 오신 국민 여러분의 구년(舊年)의 노고에 대해 치하하면서、 이 새해에는 『우리 모두 더욱 건강하고、 더욱 명랑한 기분으로、 싸우며 건설하는 민족적 대열(民族的隊列)에 다 함께 참여해서、 보다 알차게 전진합시다』 하는 부탁의 말씀으로써 신년사(新年辭)에 대(代)하는 바입니다。

아무쪼록 여러분 가정에 신의 가호가 있기를 기원해 마지않습니다。

경 축 사

—— 제二五주년 광복절 ——

친애하는 국내외 五천만 동포 여러분!

오늘은 우리 민족이 비할 데 없는 감격과 환희 속에 맞이했던 조국 광복(祖國光復) 그 날로부터 꼭 四반 세기가 되는 날입니다.

二五년 전 전국 방방곡곡의 거리거리에서 태극기의 물결을 수놓으며 자유해방 만세(自由解放萬歲)의 환호성을 높이 외치던 그 날, 우리 온 겨레는 정녕 티끌만한 사심도 타산도 없는 순수한 애국 애족의 마음으로 다 함께 우리 민족 재기(民族再起)의 출발을 기뻐하였고, 우리 역사의 새로운 광영(光榮)을 다짐하였던 것입니다.

—억압(抑壓)과 예속(隷屬)에서 벗어나고 잃었었던 조국을 되찾아,

—다시는 조상들이 당했던 불우한 처지를 되풀이하지 않으리라 굳게 맹세

하며,

—새로운 번영의 민족 국가를 건설해 보겠다는 푸른 꿈을 펼쳐 보던 그 날의

벅찬 감격과 불타 오르던 정열은 영원히 우리의 가슴 속에 간직될 불멸(不

滅)의 봉화(烽火)가 아닐 수 없읍니다.

그 날로부터 어언 二五년이 경과하였읍니다.

二五년이란 세월은 한 인간이 유아기로부터 소년기와 청년기를 넘어서 이제

그 완숙(完熟)을 눈앞에 바라보는 「한 세대」에 해당하는 시간인 것이며, 이는

또한 한 민족, 한 국가에 있어서도 그 간의 성장도(成長度)를 엄숙히 평가해

보아야 할 역사상의 이정표(里程標)라고 나는 생각합니다.

이제 성년 한국의 자랑스러운 모습을 중외(中外)에 크게 과시하고 있는 이

시점(時點)에서, 다시 한 번 광복절(光復節)을 맞이하는 우리들의 감회는 자못

293

무량한 바 없지 않습니다.

지난 二五년간의 광복 한국사는 한 마디로 말하여 드물게 보는 「격동(激動)」의 시기였고 고난과 시련의 연속이었습니다.

◎ 광복의 감격과 환희가 국토 분단(國土分斷)의 충격과 불행 속에 하루 아침에 물거품처럼 사라졌는가 하면,

◎ 번영의 희망과 기대는 북괴가 도발한 참혹한 전란 속에 한 조각 허공에 뜬 구름처럼 흩어져 버렸고,

◎ 나아가서 정부 수립 이후의 혼돈(混沌)과 정체(停滯)는 급기야 두 차례의 정치적 격동(政治的激動)의 소용돌이를 치르지 않을 수 없게 하였습니다.

스스로의 손으로 쟁취한 것이 아니라, 타력에 의하여 주어진 광복을 분간 소화할 만한 주체적 역량(主體的力量)을 갖추지 못하였던 우리에게 있어서, 이러한 시련과 진통은 피할 수 없었던 필연의 결과였다고도 할 수 있을 것입니다.

그러나 이러한 고난들은 결코 헛된 것이 아니었습니다.

우리는 비극을 당하여 결코 좌절되지 않았으며, 역경 앞에 끝내 굴하지 않았읍니다.

장구한 민족사(民族史)를 통하여 수없이 많았던 내외의 우환(憂患)을 강인한 의지와 거족적인 항쟁(抗爭)으로 이겨 내고, 조국의 독립을 보전하여 왔던 굳세고 억센 우리 민족 본연의 잠재적 역량(潛在的力量)이 시련 극복의 도정에서 서서히 그 빛을 나타내기 시작한 것입니다.

이렇게 싹터 오른 민족적 자각(民族的自覺)이 응결하여 잠자고 있던 생명력과 창조력에 점화되어 민족 중흥(民族中興)의 전진 대열을 정비한 역사적 전환점(歷史的轉換點)을 이룩한 것이 바로 지난 六〇년대였읍니다.

그로부터 八、九년、우리들은 조국 근대화 과업(祖國近代化課業)을 위하여 온갖 노력을 기울여 왔으며 많은 성과를 거두었읍니다.

그리하여 오늘날 온 세계는、五〇년대의 동란 한국이 이제 신생국 발전의 모범 국가로 등장하였다는 새로운 인식을 가지고、우리 민족에 대해 선망(羨望)과

295

경애(敬愛)의 눈초리로 쳐다보게 되었읍니다.

그러나 내가 무엇보다도 값있게 생각하고 자랑으로 여기는 것은, 우리가 거둔 외형적 성과(外形的成果)보다도 이것을 이룩하는 과정에서 우리 민족의 무한한 저력(底力)을 재발견하고, 우리의 의지, 우리의 노력으로 어떠한 큰 일도 이룩할 수 있다는 자신과 긍지를 일깨우게 되었다는 것입니다.

이제 우리는 六〇년대에 착수한 중흥 과업(中興課業)을 기필코 완수해야 할 사명의 七〇년대에 들어섰읍니다.

새로운 四반 세기의 역사의 장(章)이 시작되려는 이 순간, 우리 모두가 다시는 지난 날의 역사적 전철을 되풀이하지 않아야겠다는 결의와, 우리 후손들에게는 보람찬 유산을 전승(傳承)해 주어야 한다는 사명감을 가일층 드높여야 할 것입니다.

친애하는 국민 여러분!

오늘 광복 제二五 주년을 맞이하면서 우리 온 겨레가 너 나 할 것 없이 한결

같이 가슴 아프고 서글프게 생각하는 것이 있으니, 그것은 다름 아닌 국토 분단

(國土分斷)의 비극입니다.

통일을 향한 민족적 비원은 지난 四반 세기 동안 하루도 우리의 뇌리(腦裡)

에서 사라진 일이 없었으나, 한편 통일의 전망은 수많은 난관과 애로에 가로

막혀 결코 밝다고 말할 수 없는 현실에 놓여 있읍니다.

그 원인이 어디 있느냐?

그것은 한 마디로 김 일성과 그 일당의 민족 반역 집단(民族叛逆集團)이 북

한 땅에 도사리고 있기 때문입니다.

그들 광신적(狂信的)이며, 호전적(好戰的)인 공산 집단은 조국 광복의 첫날부

터 전 한반도를 폭력으로 적화(赤化)하기 위해 시종 일관 광분해 왔읍니다.

六・二五 남침의 참혹한 동족 상잔(同族相殘)에 이어, 휴전후 오늘날에 이르

기까지 七천 八백여 건이 넘는 무력 도발을 자행해 왔고, 최근에는 무수한 무장

공비를 남파시키고 있는 것이 바로 그 실증입니다.

297

정녕 김 일성과 그 도당은 마땅히 역사와 국민의 준엄한 심판을 받아야 할 전범자(戰犯者)들임에 틀림없읍니다.

그럼에도 불구하고 이들 도당은 언필칭 평화 통일이니, 남북 협상이니, 연방제니, 교류니 하는 등, 파렴치한 상투적 선전을 되풀이하고 있읍니다.

이러한 북괴의 저의(底意)가 어디에 있는가 하는 것은 이미 청천백일하에 드러나 있읍니다.

그것은 두 말할 필요도 없이

◎ 그들 스스로가 저지른 전범 행위와 긴장 조성의 책임을 전가해 보려는 적반하장(賊反荷杖)의 흉계인 것이며,

◎ 무장 공비 남파를 위장 은폐하고 소박한 일부 사람들을 현혹케 함으로써, 감상적 통일론(感傷的 統一論)을 유발해 보려는 간사한 술책인 것이며,

◎ 국제 여론의 오도(誤導)를 노리는 야비한 속셈인 것입니다.

이 허위에 찬 북괴의 작태(作態)를 믿는 사람은 이 지구상에 한 사람도 없

298

다는 것을 나는 단언합니다.

무릇 공산주의 정치 체제는 기본 인권의 유린과 철의 기율(紀律)에 의지한 전체주의적 일당 독재입니다.

그 중에서도 북괴 김 일성 체제는, 같은 공산권 내에서조차도 빈축의 대상이 되고 있는 전형적인 극좌모험주의(極左冒險主義)와 역사 위조를 일삼는 개인 신격화(個人神格化)가 판치는 폐쇄 사회입니다.

오늘의 북녘 땅은 그러한 전횡과 공포가 휩쓰는 가운데 전쟁 준비에 광분하는 하나의 병영(兵營)으로 화하고 말았읍니다.

우리는 지금 그렇듯 역사와 민족, 천륜과 양심을 외면한 흉악한 무력 도발 집단과 대치하여 통일 문제(統一問題)를 다루어야 하는 어려운 상황에 처해 있읍니다.

여기에 민족의 비원인 조국 통일의 난관이 있는 것입니다.

그러나 국토 통일(國土統一)이 아무리 절실한 우리 민족의 지상 명령이란 하

299

더라도 동족의 유혈을 강요하는 전쟁만은 피하여야 하며, 통일의 길이 아무리 험난하다 할지라도 꾸준한 인내와 최대한의 양식을 발휘하여 평화적으로 해결 지어야 할 것입니다.

동시에 우리는, 김 일성 일파의 전범 집단(戰犯集團)이 끝내 무력 적화 통일의 야욕을 버리지 못하고 폭력적인 침략을 감행하여 왔을 경우에는, 이를 단호 히 격퇴할 수 있는 「힘의 배양」도 또한 게을리해서는 안 된다는 점을 깊이 명 심해야 할 것입니다.

국민 여러분!

나는 이미 수차에 걸쳐 통일 노력의 본격화는 七○년대 후반기에나 가능할 것이라고 말한 바 있읍니다.

그것은 그 시기에 이르면 우리의 주체적 역량의 충실과 국제적 여건의 성숙 으로 통일의 실마리가 잡힐 수 있으리라고 내다보고, 특히 북한의 폐쇄적인 사 회 체제도 시대의 진운(進運)인 자유화(自由化) 물결에 의해 스스로 변질될 것

300

이며, 또 우리의 자유의 힘이 북녘까지 넘쳐 흐를 것을 확신하고 있기 때문입니다.

그러한 시기를 전망하면서, 나는 광복 四반 세기에 즈음한 뜻깊은 오늘 이 자리를 빌어 평화 통일의 기반 조성을 위한 접근 방법(接近方法)에 관한 나의 구상을 밝히려고 합니다.

여기에는 반드시 이루어져야 할 선행 조건(先行條件)이 있읍니다.

즉 북괴가 지금과 같은 침략적이며 도발적인 행위를 계속하고 있는 한, 그들이 무슨 소리를 하든 이것은 가면이요, 위장이요, 기만이라고밖에 볼 수 없는 것이며, 긴장 상태의 완화 없이는 평화적 방법에 의한 통일에의 접근은 불가능한 것이므로, 무엇보다도 먼저 이를 보장하는 북괴의 명확한 태도 표시와 그 실천이 선행되어야 하겠다는 것입니다.

따라서 북괴는 무장 공비 남파 등의 모든 전쟁 도발 행위를 즉각 중지하고 소위 『무력에 의한 적화 통일(赤化統一)이나 폭력 혁명(暴力革命)에 의한 대한민국의 전복을 기도해 온 종전의 태도를 완전히 포기하겠다」 하는 점을 명백하게 내외에 선언하고 이를 행동으로 실증해야 합니다.

이러한 우리의 요구를 북괴가 수락、실천하고 있다는 것을 우리가 확실히 인정할 수 있고 또한 유우엔에 의해서 명백하게 확인될 경우에는、나는 인도 적 견지와 통일 기반 조성에 기여할 수 있으며、남북한에 가로 놓인 인위적 장벽 (人爲的障壁)을 단계적으로 제거해 나갈 수 있는 획기적이고 보다 현실적인 방 안을 제시할 용의가 있음을 밝히는 바입니다.

또한 북괴가 한국의 민주、통일、독립과 평화를 위한 유우엔의 노력을 인정 하고 유우엔의 권위와 권능을 수락한다면、유우엔에서의 한국 문제 토의에 북 괴가 참석하는 것도 굳이 반대하지 않을 것입니다.

이러한 나의 구상에 한 가지 덧붙여서 말하고 싶은 것은、북괴에 대하여 『더 이상 무고한 북한 동포들의 민생을 희생시키면서 전쟁 준비에 광분하는 죄악을 범하지 말고、보다 선의의 경쟁、말하자면 민주주의와 공산독재의 그 어느 체제가 국민을 더 잘 살게 할 수 있으며, 더 잘 살 수 있는 여건을 가진 사회인가를 입증하는 개발과 건설과 창조의 경쟁에 나설 용의는 없는가」하는 것을 묻고 싶은 것입니다.

친애하는 국내외 동포 여러분!

금년은 우리 나라가 처음으로 세계에 문호를 개방한 一九세기 후반의 개화기(開化期)로부터 근 一백년이 되는 해이기도 합니다.

그로부터 一세기, 우리 민족은 낙후(落後)와 예속(隷屬), 전란과 혼돈이 겹친 수난의 역정을 겪었읍니다.

그러나 우리 민족은 그 시련을 용케도 참고 이겨 냈으며, 이제 우리 앞에는 새로운 중흥의 여명(黎明)이 밝아 오고 있읍니다.

이것은 정녕 마지막 중흥의 기회라고 해도 과언이 아닐 것입니다.

또 한 가지 우리가 기억해 두어야 할 것은 오늘로서 시작되는 앞으로의 四반세기를 넘기면 금세기의 말이 된다는 것입니다.

서기 二천년 경의 세계와 그 속에서 우리 대한 민국이 서 있을 좌표(座標)가 어디이겠는가 하는 것을 정확하게 예측할 수 있는 사람은 아무도 없읍니다.

그러나 적어도 그 때의 우리 조국은,

—국토 통일을 이룩한지 이미 오래된 강력한 민족 국가로서,

—온 국민이 다 함께 번영을 구가할 수 있는 풍요(豊饒)한 선진 복지 국가로서,

—세계사의 주류에 당당히 참여하고 기여해 나가는 보람찬 모습으로 변모해 있어야 할 것입니다.

지금은 착실한 그 준비 기간인 것입니다.

一九七○년대는 이렇듯 과거와 미래를 연결하는 우리의 근대 민족사(近代民族史)의 도정에서 민족 중흥(民族中興)의 성패를 가름하는 중요한 위치를 점하고 있는 시기인 것입니다.

그리고 이 연대의 중흥 과업(中興課業)을 성취하는 여부는 우리의 힘을 어

느만큼 「생산적」인 목표에 집중시키느냐에 달려 있읍니다.

민족의 단결, 힘의 집중, 그것은 정녕 중흥의 성패를 좌우하는 열쇠입니다.

우리의 당면 과제인 자립 경제(自立經濟)와 자주 국방(自主國防)을 이룩하는 것도 민족의 단결이며, 민족의 염원인 국토 통일을 성취하는 것도 우리의 단결된 힘입니다.

국민 여러분!

二五년 전 八·一五에 구가했던 그 감격과 환희를 앞으로 기어이 성취할 조국 통일의 그 날, 보다 더 벅차게 노래할 수 있도록 단결하여 전진합시다.

民族의 底力　　　값 700 원

1971년 3 월 1 일　발행

저　　　자　　박　정　희
발　행　자　　이　학　수

발　행　처　　광 명 출 판 사
서울 특별시 서대문구 만리동 1가 62의 7

Tel. ㉘ 0996　대체구좌 서 울 2228

박정희 전집 04

영인 민족의 저력

1판 1쇄 발행일 | 2017년 11월 14일

지은이 | 박정희
엮은이 | 박정희 탄생 100돌 기념사업 추진위원회
펴낸이 | 안병훈
펴낸곳 | 도서출판 기파랑
디자인 | 표지 디자인54·본문 커뮤니케이션 울력
등록 | 2004. 12. 27 | 제 300-2004-204호
주소 | 서울특별시 종로구 대학로8길 56(동숭동 1-49) 동숭빌딩 301호
전화 | 02-763-8996(편집부) 02-3288-0077(영업마케팅부)
팩스 | 02-763-8936
이메일 | info@guiparang.com
홈페이지 | www.guiparang.com

ISBN 978-89-6523-671-9 04810
ISBN 978-89-6523-665-8 04080(세트)